# 이상한 나라의 앨리스

세계문학전집
233

Lewis Carroll : Alice's Adventures in Wonderland

# 이상한 나라의 앨리스

루이스 캐럴 지음

존 테니얼 그림
김희진 옮김

문학동네

## 일러두기

1. 번역 대본으로는 *Alice's Adventures in Wonderland*(in *Lewis Carroll: The Complete*, *Fully Illustrated Works*, New York: Gramercy Books, 1995)를 사용했다.
2. 주석은 모두 옮긴이주다.
3. 원서의 이탤릭체는 고딕체로, 대문자는 볼드체로 표시했다. 원문에서 큰따옴표로 모두 표기한 것 중에서 앨리스 혼자 생각하며 머릿속으로 하는 말은 여기서 작은따옴표로 바꿨다.

## 차례

황금빛 오후 내내
우리는 느긋하게 미끄러져나간다.
노 두 개를 맡은 건
솜씨 없는 작은 팔들,
작은 손들이 헛되이 시늉하며
우리의 방랑을 이끌어가려 한다.

아, 잔인한 세 아이! 이런 시간에,
이처럼 꿈결 같은 날씨에,
자그마한 깃털 하나 날리지 못할 만큼
숨결 가냘픈 이에게 이야기를 조르다니!
하지만 한 사람의 딱한 목소리가 어찌
재잘대는 세 혀를 당해낼 수 있을까?

오만한 프리마는 불쑥 명령한다
"시작하도록 해요."
한결 다정하게 세쿤다가 청하길
"난센스도 담겨 있어야 해요!"
한편 테르티아는 이야기에 끼어들지,
일 분에 한 번꼴로.

이내 갑자기 침묵이 찾아들고
아이들은 공상 속에서

꿈의 아이를 뒤쫓아
놀랍고 새로운 경이의 나라를 누비고
새나 동물과 친구처럼 이야기하는 발걸음을 따라간다—
그리고 반쯤은 진실이라 믿는다.

그리고 이야기는 동나고
공상의 우물이 말라버려,
지친 이야기꾼이 슬며시
화제를 돌리려 애쓰며,
"나머지는 다음번에—" 하면, "지금이 다음번이에요!"
행복한 목소리들은 외친다.

이렇게 이상한 나라 이야기는 자랐다.
이렇게 천천히, 하나씩,
기묘한 사건들은 만들어졌다.
그리고 이제 이야기는 끝나,
우리 즐거운 뱃사공들은 집으로 배를 젓는다,
저무는 태양 아래.

앨리스! 어린아이 같은 이야기를 받아다오,
그리고 부드러운 손길로,
어린 시절의 꿈들로 짠
추억의 신비로운 띠 속에 놓아다오.

머나먼 나라에서 딴 꽃으로 엮은

순례자들의 시든 화환처럼.*

* 이 시에서 '황금빛 오후'는 캐럴과 그의 친구 로빈슨 더크워스 목사, 리들가家의 세 자매가 템스강으로 소풍을 갔던 1862년 7월 4일의 오후를 말한다. 프리마는 만이인 로리나 샬럿, 세쿤다는 둘째 앨리스 플레전스, 테르티아는 막내 이디스 메리를 가리킨다. 캐럴의 일기와 「무대 위의 앨리스」라는 글, 더크워스 목사와 앨리스 본인의 기억에 따르면, 리들가의 자매들이 이야기를 해달라고 조르자 캐럴은 즉흥적으로 이야기를 지어내 들려주었고, 앨리스가 글로 써달라고 간청하자 직접 손으로 글을 쓰고 그림을 그려 『땅속 나라의 앨리스』라는 책으로 만들어 앨리스에게 선물했다고 한다. 이 수고본을 출판하기로 결정하면서 전문 삽화가인 존 테니얼의 삽화가 붙고 몇 가지 에피소드를 추가한 것이 『이상한 나라의 앨리스』다. 자세한 내용은 이 책의 부록을 참조하길 바란다.

1장

# 토끼굴 깊숙이

앨리스는 강둑에 언니 옆에 앉아 있는 것도, 아무런 할일이 없는 것도 몹시 지겨워지고 있었다. 언니가 읽는 책을 어깨 너머로 한두 번 들여다보았지만 책에는 그림도 대화도 하나 없었다. '그림도 대화도 없는 책이 무슨 소용이람?' 앨리스는 생각했다.

그래서 앨리스는 속으로(날이 더워 무척 졸리고 멍한 기분이라서 생각이 닿는 데까지), 데이지꽃 목걸이를 만드는 게 굳이 일어나서 데이지꽃을 꺾으러 갈 만큼 재미있는 일일까 저울질하고 있었는데, 별안간 눈이 분홍색인 흰토끼 한 마리가 바로 곁을 뛰어갔다.

그 일 자체에 딱히 눈길을 끌 만한 구석은 없었다. 앨리스 역시, 토끼가 "맙소사! 이를 어쩌나! 늦었어!"라고 혼잣말하는 것을 듣고도 그다지 별난 일이라고 여기지 않았다(나중에 돌이켜보니 그 점에 놀랐어야 했다는 생각이 들었지만, 당시에는 자못 당연한 일 같았다). 하지만 토끼가 조끼 주머니에서 회중시계를 꺼내 들여다보고는 걸음을 재우치자, 앨리스는 벌떡 일어났다. 토끼가 주머니 달린 조끼를 입은 것도, 거기서 시계를 꺼내는 것도 한 번도 본 적 없다는 생각이 떠올랐기 때문이다. 호기심에 불타며 토끼를 뒤쫓아 들판을 달려가자 다행히도 마침 토끼가 산울타리 아래 커다란 토끼굴로 쏙 들어가는 모습이 보였다.

다음 순간 앨리스는 토끼를 따라 들어갔다, 나중에 대체 어떻게 나올지는 생각해보지도 않은 채.

토끼굴은 어느 정도까지는 터널처럼 곧게 뻗었다가 갑자기 아래로 꺾였는데, 너무 갑작스러워서 앨리스는 멈춰 서야겠다고 생각할 겨를도 없이 깊디깊은 구덩이 속으로 떨어지고 말았다.

구덩이가 무척 깊어서였는지, 아주 천천히 떨어져서 그랬는지, 내려가면서 앨리스는 찬찬히 주변을 둘러보고 다음엔 무슨 일이 생길지 궁금해할 여유가 있었다. 먼저 앨리스는 아래를 내려다보며 밑이 어떤지 분간하려고 했지만, 너무 어두워서 아무것도 보이지 않았다. 다음으로 구덩이 벽면을 보았고, 식기 선반과 책 선반들로 꽉 차 있음을 알았다. 여기저기 핀으로 박아 걸어둔 지도와 그림들도 보였다. 앨리스는 지나가면서 선반 하나에서 병 하나를 집었다. 병에는 '**오렌지 마멀레이드**'라는 딱지가 붙어 있었지만 무척이나 실망스럽게도 빈 병이었다. 아래에 있는 누군가가 죽을까봐 겁나서 병을 떨어뜨리고 싶지 않았으므로, 앨리스는 스쳐지나가던 선반 하나에 병을 어떻게든 얹어놓는 데 성공했다.

'이런!' 앨리스는 생각했다. '이만큼이나 떨어지고 나면, 계단에서 굴

러떨어지는 것쯤은 아무것도 아닐 테지! 집에선 다들 내가 엄청 용감하다고 생각할 거야! 지붕 꼭대기에서 떨어지는 일이 있더라도 난 아무 소리 안 할 거야!' (이건 진심에 가까웠다.)

아래로, 아래로, 아래로. 끝도 없이 떨어지는 것일까? "지금쯤 몇 마일이나 떨어져내렸을까?" 앨리스는 소리 내어 말했다. "지구 중심 가까이에 닿게 될 거야. 어디 보자. 그러면 4천 마일 정도인데—" (여러분도 아시겠지만, 앨리스는 학교 수업에서 이런 지식을 여러 가지 배웠고, 아무도 들어줄 사람이 없으니 지식을 자랑하기에 아주 좋은 기회는 아니었지만 그래도 되새겨보는 건 복습에 좋았다.) "—그래, 그 정도 거리가 맞아—하지만 위도나 경도는 어느 지점일지 모르겠네?" (앨리스는 위도가 뭔지도, 경도가 뭔지도 몰랐지만 입에 올리기에 그럴싸하고 멋진 단어라고 생각했다.)

앨리스는 다시금 중얼거렸다. "지구를 관통해서 떨어질지도 모르지! 머리를 바닥 쪽으로 하고 걸어다니는 사람들이 사는 곳으로 나오면 얼마나 우스울까! '대적자'*들이라고 하지, 아마—" (이번에 앨리스는 듣는 사람이 없었기에 다행이라고 여겼는데, 아무래도 맞는 단어 같지 않았기 때문이었다.) "—하지만 그 사람들에게 그 나라 이름이 뭔지 물어봐야 할 텐데. 저어, 아주머니, 여기가 뉴질랜드인가요 오스트레일리아인가요?" (그런 다음 말하면서 무릎 굽혀 인사하려고 했다—허공을 떨

* 원문에서 앨리스는 'antipodes(대척지, 영국 기준으로는 오스트레일리아와 뉴질랜드가 해당)'라고 해야 할 것을 'antipathies(혐오스러운 것들)'이라고 잘못 말한다. 이 책의 번역에서는 가능하면 주석을 참고하지 않고도 언어유희를 느낄 수 있도록 원문과 완벽한 일대일 대응이 되지 않더라도 우리말로 언어유희를 재구성할 수 있도록 노력했으며, 주석을 통해 원문의 표현을 제시할 것임을 밝힌다.

어져내려오면서 공손히 무릎 굽혀 인사하다니! 여러분이라면 할 수 있을까?) "그러면 그런 걸 물어본다니 참 무식한 애라고 생각하겠지! 아냐, 물어보는 건 안 되겠다. 어딘가에 쓰여 있는 걸 보게 되겠지."

아래로, 아래로, 아래로. 달리 할일이 없었으므로, 앨리스는 다시 재잘거리기 시작했다. "오늘밤 다이나가 날 많이 보고 싶어할 텐데!" (다이나는 고양이였다.) "차 마실 시간에 다이나에게 우유 따라주는 걸 잊지 말아야 할 텐데. 귀여운 다이나! 네가 여기 내 곁에 있으면 좋겠다. 유감스럽게도 공중엔 쥐가 없지만, 네가 박쥐를 잡을지도 모르고, 박쥐는 쥐랑 아주 비슷하잖아. 그런데 고양이가 박쥐를 먹을까?" 그리고 이쯤에서 앨리스는 좀 졸려서, 반쯤 꿈꾸듯 "고양이가 박쥐를 먹을까? 고양이가 박쥐를 먹을까?"라고 계속 중얼거렸고, 그러다가 "박쥐가 고양이를 먹을까?"라고 하기도 했는데, 두 질문 다 답할 수 없었으므로 어느 쪽이든 별로 상관없었다. 앨리스는 자기가 졸고 있음을 느꼈고, 마침 다이나와 나란히 걸으며 진지하게 "자아, 다이나야, 진실을 말해줘. 너 박쥐 먹어본 적 있니?"라고 묻는 꿈을 꾸던 참에, 별안간 털썩! 털썩! 나뭇가지와 마른잎 무더기 위에 내려앉았고 낙하는 끝났다.

앨리스는 조금도 다치지 않았고, 금세 벌떡 일어섰다. 올려다보았지만 머리 위는 온통 캄캄했다. 눈앞에는 긴 통로가 더 이어졌고, 서둘러 달려가는 흰토끼가 아직도 보였다. 한순간도 놓칠 수 없었다. 앨리스는 바람처럼 뒤따라갔고 마침 토끼가 모퉁이를 돌면서 하는 소리가 들렸다. "오, 내 귀랑 수염, 너무 늦었잖아!" 모퉁이를 돌 때 앨리스는 토끼 바로 뒤에 있었지만, 어느새 토끼는 보이지 않았다. 앨리스가 있는 곳은 길고 낮은 홀이었는데, 천장에 줄지어 매달린 램프들이 빛을 비쳤다.

홀을 빙 둘러 문들이 있었지만 죄다 잠겨 있었다. 홀 한쪽을 따라 쭉 갔다가 다른 쪽으로 돌아오며 문 하나하나를 확인해본 다음, 앨리스는 처량하게 가운데로 걸어가며 대체 어떻게 나갈지 궁리했다.

갑자기 앨리스는 온통 유리로 만들어진 작은 세 다리 테이블과 마주쳤다. 테이블에 놓인 것이라곤 자그마한 황금 열쇠뿐이었고, 앨리스에게 처음 떠오른 생각은 그 열쇠가 홀 문들 중 하나에 맞을지 모른다는 것이었다. 하지만 이를 어쩌나! 자물쇠가 너무 큰 건지, 열쇠가 너무 작은 건지, 아무튼 열쇠로 열리는 문은 하나도 없었다. 하지만 두번째로 돌아다니다가 앨리스는 전에 눈치채지 못했던 낮게 걸린 커튼을 발견했고, 그 뒤에는 높이 15인치 정도의 작은 문이 있었다. 앨리스는 작은 황금 열쇠로 자물쇠를 열어보았고, 너무나 기쁘게도 딱 맞았다!

열고 나니 문은 고작 쥐구멍만한 크기의 작은 통로로 이어졌다. 앨

리스는 무릎을 꿇고 통로 너머로 아름답기 짝이 없는 정원을 바라보았다. 그 어둑한 홀에서 나가 화사한 꽃밭과 시원한 분수들 틈을 거닐고 싶어 안달이 났지만, 문으로는 머리조차 내밀 수 없었다. '게다가 머리가 들어가더라도,' 가엾은 앨리스는 생각했다, '어깨가 못 나가면 소용없을 거야. 아, 내가 망원경처럼 줄어들 수 있으면 얼마나 좋을까!* 시작하는 법만 알면 될 것도 같은데.' 아시겠지만, 최근 너무나 많은 별난 일들이 일어났기 때문에 앨리스는 정말로 불가능한 일은 거의 없다는 생각이 드는 참이었다.

작은 문 앞에서 기다려봐야 소용없을 것 같았으므로, 앨리스는 다른 열쇠가 나오지는 않을까, 아니면 사람을 망원경처럼 접을 수 있는 법이 적힌 책이라도 있지 않을까 살짝 기대하며 다시 테이블로 갔다. 이번에는 테이블에 작은 병이 놓인 걸 발견했고("틀림없이 아까는 없었는데" 하고 앨리스는 말했다), 병목에는 커다란 글자로 '**나를 마셔요**'라고 멋지게 인쇄된 종이딱지가 달려 있었다.

'나를 마셔요'라는 말은 전혀 나쁘지 않았지만, 현명한 소녀인 앨리스는 서둘러 그러지는 않을 셈이었다. "안 돼, 일단 살펴봐야지." 앨리스는 말했다. "'독약'이라고 표시되어 있지는 않은가 봐야지." 왜냐하면 앨리스는 여러 편의 근사한 짧은 이야기에서, 친구들이 일러준 단순한 규칙들을 기억하지 않았다가 데이고, 야생동물에게 잡아먹히고, 갖가지 불쾌한 일을 당한 아이들에 대해 읽었기 때문이다. 벌겋게 달아오른 부지깽이를 너무 오래 쥐고 있으면 덴다거나, 칼로 손가락을 너무 깊이

* 구식 휴대용 망원경은 대를 서로 포개어 작게 접었다가 길게 뽑아 쓸 수 있는 구조였다.

베면 피가 나기 마련이라는 것 등이었다. 그리고 앨리스는 '독약'이라고 적힌 병에 든 것을 많이 마시면 곧바로건 나중에건 탈이 날 게 거의 확실하다는 걸 결코 잊지 않았다.

그렇지만 이 병에는 '독약'이라는 표시가 없어서 앨리스는 과감하게 맛을 보았고, 무척 맛이 좋았으므로(사실 그건 체리 타르트, 커스터드, 파인애플, 구운 칠면조, 토피,* 버터 바른 따끈한 토스트가 섞인 맛이 났다) 금세 다 마셔버렸다.

* 설탕과 버터를 녹여 만든 캔디.

* * * * * * *

* * * * * *

* * * * * * *

“이상한 기분이야!” 앨리스는 말했다. “내가 망원경처럼 줄어들고 있나봐.”

정말로 그랬다. 이제 앨리스의 키는 10인치에 불과했고, 이제 그 아름다운 정원으로 나가는 작은 문을 지나가기에 딱 맞는 크기가 되었다는 생각에 앨리스의 얼굴은 환해졌다. 하지만 앨리스는 일단 몸이 더 줄어들지 보려고 몇 분 기다렸다. 그 생각에 조금 불안했다. “혹시 모를 일이잖아.” 앨리스는 혼잣말했다. “내가 촛불처럼 완전히 사라져버릴지. 그러면 난 어떻게 되는 거지?” 그리고 앨리스는 촛불을 불어 끈 다음 불꽃이 어떤지 생각해보려고 애썼는데, 그런 건 본 적이 없는 듯했기 때문이다.

얼마 후, 더이상 아무 일도 없자 앨리스는 당장 정원으로 나가기로 했다. 하지만 이를 어쩌나, 가엾은 앨리스! 문 앞까지 가서 앨리스는 작은 황금 열쇠를 잊었다는 사실을 알아챘고, 열쇠를 가지러 도로 테이블로 갔다가 열쇠에 손이 닿지 않는다는 것을 깨달았다. 유리 너머로 열쇠가 똑똑히 보였고, 앨리스는 테이블 다리 하나에 기어오르려고 무진 애를 썼지만 너무 미끄러웠다. 그리고 애쓰다 힘이 다 빠지자 가엾은 앨리스는 주저앉아 울었다.

“저런, 그렇게 울어봐야 아무 소용 없어!” 앨리스는 좀 날카롭게 저 자신에게 말했다. “당장 뚝 그치는 게 좋을걸!” 앨리스는 대개 스스로에게 아주 현명한 충고를 했고(그 말을 따르는 일은 매우 드물었지만), 눈물이 쏙 빠질 정도로 자신을 엄하게 꾸짖는 때도 있었다. 한번은 자기 자신을 맞수삼아 하던 크로케 경기에서 스스로가 속임수를 썼다고 제 뺨을 때리려 했던 적도 있었는데, 이 별난 아이는 두 사람인 척하는 것을 아주 좋아했기 때문이다. '하지만 지금은 소용없잖아.' 불쌍한 앨리스는 생각했다. '두 사람인 척해봐야 뭐 해! 지금 난 어엿한 한 사람분에도 못 미치는걸.'

이내 앨리스의 눈이 테이블 아래 놓여 있던 작은 유리 상자에 닿았다. 상자를 열자, 안에는 '**나를 먹어요**'라는 말이 건포도로 예쁘게 쓰인 아주 작은 케이크가 있었다. "먹지 뭐." 앨리스는 말했다. "그래서 내가 커지면, 열쇠를 집을 수 있겠지. 이보다 더 작아지면 문 밑으로 기어갈 수 있고. 어느 쪽이든 정원에 갈 수 있으니 어떻게 되든 상관없어!"

앨리스는 조금 먹었고, 불안하게 "어느 쪽이지? 어느 쪽이지?"라고 중얼거리며 어느 쪽으로 변하는지 느끼려고 머리 위에 손을 대고 있었는데, 크기가 변하지 않아 좀 놀랐다. 물론 케이크를 먹었을 때는 보통 그러는 법이지만, 앨리스는 워낙 기묘한 일들만 일어나는 데 너무 익숙해져서 인생이 평범하게 진행되는 게 지루하고 시시하다고 여겨졌다.

그래서 앨리스는 먹기 시작해, 금세 케이크를 다 먹어치웠다.

* * * * * * *

* * * * * *

* * * * * * *

## 2장
# 눈물의 연못

"갈수록 이상해지구나!" 앨리스는 외쳤다(어찌나 놀랐는지 그 순간은 올바로 말하는 법을 잊었다). "이젠 내가 세상에서 제일 큰 망원경처럼 늘어나고 있잖아! 잘 있어, 발아!"(양발을 내려다보았더니 너무 멀어져서 눈에 안 보일 지경이었기 때문이다). '아, 내 가엾은 발들, 이제 누가 너희에게 구두와 스타킹을 신겨주지? 나는 분명 못할 텐데! 너희 걱정을 하기엔 너무 멀리 있을 테니까. 너희끼리 최선을 다해 알아서 해야 해. 그래도 다정하게 대해줘야겠지.' 앨리스는 생각했다. '그렇지 않았다간 내가 가자는 데로 안 갈지도 모르니까! 어디 보자. 매년 크리스마스에 새 장화를 선물해야지.'

그리고 앨리스는 그 일을 어떻게 해낼지 궁리했다. '배달부를 통해 보내야 할 텐데.' 앨리스는 생각했다. "얼마나 웃길까, 자기 발에게 선물

을 보내다니! 주소는 또 얼마나 유별나 보이겠어!"

앨리스의 오른발 님,

난로 깔개,

벽난로 망 근처,

(앨리스가 사랑을 담아).

"오, 이런, 무슨 말도 안 되는 소릴 하고 있담!"

바로 그때 머리가 홀 천장에 부딪혔다. 이제 앨리스는 9피트가 넘었고, 당장 작은 황금 열쇠를 집어들고 부리나케 정원 문으로 향했다.

불쌍한 앨리스! 모로 누워 한 눈으로 정원을 내다보는 것까지는 할 수 있었지만, 문으로 나가는 건 지금껏 어느 때보다 더 가망 없어 보였다. 앨리스는 앉아서 다시 울기 시작했다.

"부끄러운 줄 알아라." 앨리스는 말했다. "너처럼 다 큰 애가", (잘 들어맞는 말이었다), "이렇게 계속 울다니! 당장 그치지 못하겠니!" 하지만 앨리스는 몇 양동이나 되는 눈물을 흘리며 계속 울었고, 결국 앨리스 주변에는 깊이 4인치에 홀의 반이나 되게 퍼진 커다란 연못이 생겼다.

얼마 후 멀리서 타닥거리는 작은 발소리가 들렸고, 앨리스는 뭐가 오는지 보려고 황급히 눈물을 닦았다. 한 손에는 하얀 새끼염소 가죽 장갑 한 켤레를, 다른 손엔 커다란 부채를 들고 화려하게 차려입은 흰토끼가 돌아오고 있었다. 토끼는 몹시 서둘러 잰걸음쳐오며 중얼거렸다. "오! 공작부인, 공작부인! 그분을 기다리게 했다간 얼마나 사납게 굴까!" 앨리스는 도움이 너무 간절해서 누구든 붙잡고 늘어지고 싶었다. 그래서 토끼가 곁을 지나갈 때 머뭇대며 작은 소리로 말을 붙였다. "실례지만, 선생님—" 토끼는 화들짝 놀라 하얀 새끼염소 가죽장갑과 부채를 떨어뜨리고 있는 힘껏 달음질쳐 어둠 속으로 사라졌다.

앨리스는 부채와 장갑을 집어들고 홀이 몹시 더웠으므로 줄곧 부채질하면서 말했다. "이런, 이런! 어쩜 오늘은 모든 게 다 이상하네! 어제는 평소 때와 똑같았는데. 내가 밤사이에 변했나? 생각해보자. 오늘 아침 일어났을 때 내가 그대로였나? 조금 다른 기분이었던 것 같기도 해. 하지만 내가 똑같지 않다면, 다음 의문은, '대체 내가 누구냐'는 거야. 아, 그거야말로 중대한 수수께끼야!" 그리고 앨리스는 자기와 나이가 같은 아는 아이들을 전부 떠올리며, 그애들 중 하나로 변한 건 아닌지 확인해보려 했다.

"에이다가 아닌 건 확실해." 앨리스는 말했다. "그애의 머리카락은 길고 곱슬곱슬한데, 내 머리는 전혀 곱슬거리지 않잖아. 그리고 내가 메이블일 리는 없어. 나는 온갖 것을 다 아는데, 그애는, 오! 그애는 아는 게 거의 없는걸! 게다가 걔는 걔고, 나는 나고, 그리고—세상에, 너무 헷갈린다! 내가 알던 갖가지 것들을 알고 있는지 확인해봐야지. 어디 보자. 4 곱하기 5는 12, 4 곱하기 6은 13, 4 곱하기 7은—오, 이런! 이러다간 영원히 20까지 못 가겠어! 그렇지만 구구단은 중요한 게 아냐. 지리를 시험해보자. 런던은 파리의 수도고, 파리는 로마의 수도고, 로마는—아니야, 그건 다 틀렸어, 틀림없어! 난 메이블로 변해버린 거야! 「어쩌면 작은—」을 외워봐야지—" 그리고 앨리스는 배운 것을 읊을 때처럼 손을 무릎 위에 맞잡고 그 시를 외우기 시작

했지만, 목소리는 쉬고 이상하게 나왔고, 글귀도 전에 알던 것 같지 가 않았다.

어쩌면 작은 악어는 저렇게
　빛나는 꼬리를 갈고 닦으며
나일강의 물을

금빛 비늘 하나하나에 부을까!

어쩌면 저렇게 기분좋게 미소 지으며,
　어쩌면 저렇게 솜씨좋게 발톱을 벌려,
작은 물고기들을 들어오라고 할까,
　살며시 미소 짓는 주둥이 속으로!*

---

* 캐럴의 시대에 널리 알려져 있던 신학자 아이작 와츠의 「게으름과 나쁜 짓에 반대하여 Against Idleness and Mischief」라는 교훈적인 시를 패러디한 것이다. 시의 전문은 다음과 같다.

작은 꿀벌은 어찌나
　빛나는 매시간을 활용하여
피어난 꽃 하나하나에서
　하루종일 꿀을 모으는지!

얼마나 능숙하게 벌집을 짓는지!
　얼마나 깔끔하게 밀랍을 바르는지!
그리고 열심히 일해 야무지게 채우지
　제가 만드는 달콤한 음식으로

힘든 일이든 기술이 필요한 일이든
　나 또한 바쁘게 해야겠다
사탄은 지금도 나쁜 짓을 찾아
　게으른 손에 시키려 하고 있으니

책이나 일이나 건전한 놀이를 하면서
　나의 어린 시절을 보내자
그리하여 하루하루를
　충실히 보낼 수 있도록

"아무래도 이게 아닌 것 같아." 불쌍한 앨리스는 말했고, 다시금 눈에 눈물이 차올랐다. "나는 메이블이 된 게 틀림없어. 그 좁디좁은 작은 집에 가서 살아야 하고, 갖고 놀 장난감은 하나도 없고, 배워야 할 것은 산더미겠지! 아냐, 결심했어. 내가 메이블이라면 난 여기 계속 있을 거야! 사람들이 머리를 들이밀고 '얘야, 나오렴!' 해도 꿈쩍 않을 거야. 올려다보면서 '대체 난 누구죠? 일단 그것부터 말해줘요, 내가 그 사람인 게 마음에 들면 나갈래요. 아니면 다른 사람이 될 때까지 여기 있을 거예요'라고 해야지—그렇지만, 오, 세상에!" 앨리스는 갑자기 눈물을 왈칵 터뜨리며 울었다. "정말로 머리를 들이밀어줬으면 좋겠어! 여기 혼자 있는 건 이제 너무 지겨워!"

말하면서 앨리스는 손을 내려다보고, 말하면서 자기가 토끼의 작은 하얀 새끼염소 가죽장갑 한 짝을 낀 것을 보고 놀랐다. '어떻게 한 거지?' 앨리스는 생각했다. '다시 작아지고 있나봐.' 앨리스는 일어서서 키를 대보려고 테이블로 갔고, 어림잡아보건대 자기가 이제 2피트 정도였으며 빠르게 줄어들고 있음을 알아차렸다. 이내 앨리스는 그 이유가 손에 쥐고 있던 부채였음을 깨닫고, 줄어들다 못해 아예 사라지기 직전에 급히 떨어뜨렸다.

"아슬아슬한 순간이었어!" 앨리스는 갑작스러운 변화에 꽤 겁을 먹었지만, 아직 사라지지 않아서 무척 기뻤다. "이제 정원으로 가는 거야!" 앨리스는 온 힘을 다해 작은 문으로 달려갔다. 하지만 이런! 작은 문은 도로 닫혀 있었고, 작은 황금 열쇠는 전처럼 유리 테이블에 놓여 있었다. '게다가 전보다 더 나빠졌어.' 가엾은 앨리스는 생각했다. '이렇게 작았던 적은 없었는걸, 한 번도! 정말 지독하게 나빠!'

이렇게 말하면서 발이 미끄러졌고, 다음 순간, 풍덩! 앨리스는 소금물에 턱까지 빠져 있었다. 처음에는 어쩌다 바다에 빠졌다는 생각이 들었다. '그런 거라면 철도로 집에 갈 수 있겠다.' 앨리스는 생각했다. (앨리스는 딱 한 번 해변에 가본 적 있었고, 잉글랜드 해변 어디를 가든 바닷물 속의 이동식 탈의 시설* 여러 대, 나무삽으로 모래놀이를 하는 아이들, 줄지어 선 숙박소, 그 뒤로는 철도역이 있다는 일반적인 결론을 내렸다.) 하지만 곧 자기가 9피트나 컸을 때 흘린 눈물의 연못에 빠져 있음을 알아챘다.

"그렇게 많이 울지 말걸!" 앨리스는 나가려고 애쓰며 헤엄치면서 말했다. "내가 흘린 눈물에 빠져 죽는 걸로 지금 벌을 받고 있나봐. 확실

* 이동식 탈의 시설bathing machine은 남에게 벗은 몸을 보이지 않고 수영복으로 갈아입고 바로 물속으로 들어갈 수 있는 장치로, 18세기부터 20세기 초까지 유행했다. 바퀴가 달리고 지붕과 벽이 있으며 한쪽 면은 물을 향해 트이고 우산으로 가려져 있어, 해변에서 안으로 들어가 옷을 갈아입은 후 (대개는 말이 탈의실을 끌어서) 바닷속에 들어갈 수 있었다.

히 기묘한 일이긴 해! 하지만 오늘은 모든 게 기묘한걸."

바로 그때 조금 떨어진 물속에서 뭔가가 첨벙대는 소리가 들렸고, 앨리스는 무엇인지 알아보려고 가까이로 헤엄쳐갔다. 처음에는 바다코끼리나 하마인가 했지만, 그러다가 자기가 얼마나 작은지 떠올리고, 곧 그게 앨리스 자신처럼 발이 미끄러진 생쥐라는 걸 알았다.

'지금 이 쥐에게 말을 거는 게 의미가 있을까?' 앨리스는 생각했다. '여기선 모든 게 이상하니까, 쥐가 말을 할 수 있다고 봐도 되겠지. 어쨌건 해봐서 나쁠 건 없어.' 그래서 앨리스는 말을 걸었다. "오 쥐여, 연못에서 나갈 길을 알고 있니? 여기서 헤엄치는 것도 지쳤어, 오 쥐여!" (앨리스는 생쥐에게 이런 식으로 말을 거는 게 옳을 거라고 여겼다. 한 번도 쥐에게 말을 걸어본 적은 없지만, 오빠의 라틴어 문법책에서 '쥐가—쥐의—쥐에게—쥐를—쥐여!'라는 내용을 본 기억이 났다.) 생쥐는 캐묻는 듯한 표정으로 앨리스를 보았고, 작은 눈 한쪽으로 윙크하는 듯싶었지만 아무 말도 없었다.

'영어를 모르는 쥐인가봐.' 앨리스는 생각했다. '정복왕 윌리엄과 함께 넘어온 프랑스 쥐일지 모르지.' (앨리스는 역사 지식이 제법 있었지만, 어떤 일이 언제 일어났는지에 대해서는 그리 확실치가 않았다.) 그래서 앨리스는 다시 말을 걸었다. "우 에 마 샤뜨?"* 프랑스어 교재에 맨 처음 나오는 문장이었다. 생쥐는 별안간 물에서 펄쩍 뛰어올랐고, 겁에 질려 부들부들 떠는 것 같았다. "오, 미안해!" 앨리스는 가엾은 것의 기분을 상하게 했다는 생각에 다급히 외쳤다. "네가 고양이를 좋아

* '내 고양이는 어디에 있나요?'라는 뜻의 프랑스어.

하지 않는다는 걸 잊었어."

"고양이를 안 좋아하고말고!" 생쥐가 울분에 찬 새된 소리로 부르짖었다. "네가 나라면 고양이가 좋겠니?"

"글쎄, 아마 아니겠지." 앨리스는 달래는 말투로 말했다. "화내지 마. 그래도 우리 고양이 다이나를 보여주고 싶구나. 다이나를 보기만 하면 고양이를 좋아하게 될 텐데. 얼마나 귀엽고 조용하다고." 앨리스는 느긋하게 헤엄치면서 반쯤 혼잣말로 말을 이었다. "고릉고릉거리면서 얌전히 불가에 앉아 있고, 앞발을 핥고 얼굴을 닦고—안고 있으면 아주 보드랍고—쥐를 잡는 데는 완전히 따를 상대가—오, 미안해!" 앨리스는 다시 외쳤다. 이번에는 쥐가 온몸의 털을 곤두세웠고, 앨리스는 정말로 화난 게 틀림없다고 느꼈다. "네가 싫다면 우리 다이나 얘기는 그만두자."

"우리라고!" 쥐가 꼬리 끝까지 부들부들 떨며 고함쳤다. "내가 그런 얘기를 하고 싶어하기라도 한 것 같군! 우리 가족은 늘 고양이를 미워했어. 더럽고, 하찮고, 천박한 것들! 다시는 내 귀에 그 이름이 들리게 하지 마!"

"안 그럴게, 정말로!" 앨리스는 이야기를 돌리려고 대단히 서둘러 말했다. "그러면—그러면 개—는 좋아해?" 쥐가 대꾸하지 않았으므로 앨리스는 열심히 말을 계속했다. "우리집 근처에 얌전한 작은 개가 있는데 네게 보여주고 싶어! 눈이 반짝이는 작은 테리어인데, 오, 갈색 털이 얼마나 길고 곱슬곱슬하다고! 물건을 던지면 가져오고, 앞발을 들고 서서 밥을 달라고 조르기도 하고, 온갖 재주가 있는데—반도 기억나지가 않네—그 개는 어떤 농부네 개인데, 그 사람 말이 아주 도움 되는 개라서 백 파운드 값은 한대! 쥐란 쥐는 모조리 죽이고—이를 어쩌나!" 앨리스는 슬프게 외쳤다. "또 기분을 상하게 하고 말았어!" 생쥐가 있는 힘껏 헤엄쳐 앨리스에게서 멀어져가며, 요란히 물을 튀기고 있었기 때문이다.

그래서 앨리스는 부드럽게 쥐를 불렀다. "쥐야! 돌아오렴, 네가 싫다면 고양이 얘기도 개 얘기도 하지 말자!" 이 말을 듣고 생쥐는 방향을 바꿔 천천히 앨리스에게 돌아왔다. 쥐는 창백한 얼굴로(화가 나서겠지, 앨리스는 생각했다) 낮고 떨리는 목소리로 말했다. "물가로 가자, 내 이야기를 들려주지, 그러면 내가 왜 고양이와 개를 싫어하는지 너도 알게 될 거야."

그러는 게 좋을 때이긴 했다. 연못은 그 안에 떨어진 새와 동물들로 꽤 북적대고 있었던 것이다. 오리와 도도, 로리앵무와 새끼독수리, 그

밖에 별난 동물들이 있었다.* 앨리스가 앞장서고, 일행은 모두 물가로 헤엄쳤다.

* 이 이야기는 캐럴과 더크워스 목사, 리들 자매들, 캐럴의 누이들이 함께 소풍을 갔다가 비를 맞아 흠뻑 젖었던 날을 반영한 것이며, 오리는 더크워스, 도도는 캐럴 자신, 로리앵무는 로리나, 새끼독수리는 이디스를 가리킨다. 말을 더듬는 버릇 때문에 캐럴은 자신의 본명인 도지슨을 '도-도-도지슨'이라고 발음했다고 한다.

3장
# 코커스 경주와 긴 이야기

기슭에 모인 일행은 참으로 기묘한 모양새였다—새들은 젖은 깃털을 질질 끌고, 동물들은 털이 찰싹 달라붙고, 다들 물이 뚝뚝 떨어지도록 축축하고, 언짢고, 거북한 기분이었다.

첫번째 문제는 당연히 어떻게 몸을 말리는가였다. 그들은 이 문제로 상의했고, 얼마 후 앨리스는 평생 알아온 사이처럼 그들과 편하게 이야기하는 게 사뭇 자연스럽게 여겨졌다. 사실 앨리스는 로리앵무와 꽤 오래 말다툼을 벌였는데, 결국 로리앵무는 골이 나서 "난 너보다 나이가 많아, 그러니까 내가 너보다 잘 알지"라는 말만 했다. 앨리스는 나이를 알기 전에는 그 말을 인정하지 않으려 했으며, 로리앵무가 제 나이를 밝히길 대놓고 거부했으므로 더이상 할말은 없었다.

마침내 생쥐가 일행 중 권위자인 듯 외쳤다. "모두 앉아서 내 말을 들

어요! 곧 내가 여러분을 바싹 말려드릴 테니까!" 그들은 즉시 생쥐를 한가운데 두고 모두 빙 둘러앉았다. 앨리스는 안달을 내며 생쥐에게서 눈을 떼지 않았는데, 빨리 몸이 마르지 않으면 심한 감기에 걸릴 게 뻔했기 때문이었다.

"에헴!" 생쥐가 거드름을 피우며 말했다. "다들 준비됐나요? 내가 아는 얘기 중 가장 말라비틀어진 옛이야기입니다. 다들 좀 조용히 해요! '정복왕 윌리엄은 교황의 옹호를 등에 업고, 지도자를 원했으며 근래의 왕위 찬탈과 정복에 상당히 익숙했던 잉글랜드인들의 복종을 얻어냈다. 머시아와 노섬브리아 백작인 에드윈과 모카는'—"

"우웩!" 로리앵무가 진저리치며 말했다.

"뭐라고 하셨죠?" 생쥐가 낯을 찌푸리며, 하지만 몹시 정중하게 말했다. "방금 발언하셨나요?"

"난 아니에요!" 로리앵무가 황급히 말했다.

"그런 줄 알았는데." 쥐가 말했다. "계속하죠. '머시아와 노섬브리아 백작인 에드윈과 모카는 그에 대해 지지를 선언했다. 애국자인 캔터베리 대주교 스티갠드조차 현명한 처사로 그것을 보아—'"

"뭘 봤는데요?" 오리가 말했다.

"그것을 보았죠." 쥐가 좀 뾰로통하게 대꾸했다. "물론 '그것'이 무슨 뜻인지는 알겠죠."

"내 눈으로 볼 때야 '그것'이 뭔진 잘 알죠." 오리가 말했다. "대개는 개구리나 벌레죠. 문제는 대주교가 무엇을 보았냐는 거라고요."

쥐는 이 질문에 아랑곳하지 않고 서둘러 이야기를 계속했다. "'—현명한 처사로 그것을 보아 왕세자 에드거와 함께 윌리엄을 찾아가 그에게 왕관을 권하기로 했다. 윌리엄의 행실은 처음에는 온건했다. 그러나 그가 거느린 노르만인들의 오만불손함은—' 얘, 지금은 좀 어떤 것 같니?" 쥐는 앨리스를 향해 물었다.

"여전히 축축해." 앨리스는 우울하게 말했다. "조금도 마르는 것 같지 않아."

"그렇다면," 도도가 자리에서 일어서며 엄숙하게 말했다. "이 회의를 휴회할 것을 제청하는 바입니다. 한층 진일보한 해결 방안을 속히 채택하는 것이—"

"알아듣게 좀 말해요!" 새끼독수리가 말했다. "그 어려운 단어들 반도 못 알아듣겠어요. 게다가 댁도 다 아는 것 같지 않고요!" 그리고 새끼독수리는 웃음을 감추려고 고개를 숙였다. 다른 새들 몇몇이 다 들리게 킥킥거렸다.

"내가 하려던 말은," 도도가 기분 상한 듯 말했다. "몸을 말리는 제일 좋은 방법은 코커스 경주*라는 겁니다."

"코커스 경주가 뭔데요?" 앨리스가 말했다. 알고 싶어서라기보다, 도도가 누군가가 말을 꺼낼 때라는 듯 뜸을 들이고 있는데 아무도 말할 생각이 없는 것 같아서였다.

"글쎄." 도도가 말했다. "직접 해보는 게 제일 좋은 설명이죠."(여러분도 어느 겨울날 해보고 싶어질지 모르니, 도도가 어떻게 했는지 설명해 드리겠다.)

맨 먼저 도도는 동그라미 비슷하게 경주 코스를 그렸고, ("정확한 모양은 아니어도 됩니다"라고 말했다), 일행 모두 코스 위에 여기저기 자리를 잡았다. '하나, 둘, 셋, 출발'이라는 말은 없었고 다들 저 좋을 때 달리기 시작해 저 좋을 때 그만두었으므로, 경주가 언제 끝났는지 알기는 어려웠다. 그러나 삼십 분 정도 달려 다들 그럭저럭 몸이 마르자 도도가 갑자기 "경주 끝!" 하고 외쳤고, 다들 도도를 에워싸고 숨을 헐떡이며 물었다. "누가 이긴 거예요?"

문제는 도도 역시 골똘히 생각하지 않고서는 답을 내릴 수 없다는 거였고, 도도는 (초상화 속 셰익스피어가 으레 그러는 자세로) 한 손가락으로 이마를 짚은 채 한참을 서 있었고, 나머지는 조용히 기다렸다. 마침내 도도가 말했다. "모두 이겼고, 모두 상을 타야 해요."

---

* 정당에서 대표자를 선출하는 회합을 뜻한다. 오늘날에는 『이상한 나라의 앨리스』의 이 부분에 빗대어, '코커스 경주Caucus-race' 자체가 힘들고 지루하지만 빙빙 돌기만 하면서 뚜렷한 성과가 없는 활동을 가리키는 표현이 되었다.

"그런데 누가 상을 주죠?" 다들 입을 모아 물었다.

"그야 물론 이 아이죠." 도도가 한 손가락으로 앨리스를 가리키며 말했고, 다들 당장 앨리스 주변에 모여들어 법석을 떨며 외쳤다. "상을 줘! 상을 줘!"

앨리스는 어떡하면 좋을지 몰랐고, 어쩔 줄 몰라 하며 주머니에 손을 넣었더니 컴피트*가 든 상자가 나와서(다행히 소금물이 스며들지 않았다) 모두에게 상으로 돌렸다. 다들 딱 한 개씩 돌아갈 만큼이었다.

"하지만 얘도 상을 받아야지." 생쥐가 말했다.

"그야 물론이죠." 도도가 매우 엄숙하게 대꾸했다. "주머니에 또다른 게 뭐 있나요?" 도도는 앨리스를 보며 물었다.

"골무 하나뿐인데요." 앨리스가 서글프게 말했다.

"이리 줘요." 도도가 말했다.

그러고는 다들 한번 더 앨리스를 둘러싸고 모여든 가운데, 도도가 근엄하게 골무를 내밀며 "이 우아한 골무를 부디 받아주시지요"라고 말했고, 이 짧은 연설이 끝나자 모두 박수쳤다.

앨리스는 온통 터무니없는 짓이라고 여겼지만, 다들 심각한 얼굴을 하고 있어서 차마 웃을 수 없었다. 그리고 딱히 할말이 떠오르지 않았으므로 그저 절을 하고, 가능한 한 엄숙한 얼굴로 골무를 받았다.

다음은 컴피트를 먹을 차례였다. 상당히 시끄러운 난리법석이 일었는데, 큰 새들은 맛이 제대로 느껴지지 않는다고 투덜거리고, 작은 새들은 목에 걸려 등을 두드려줘야 했기 때문이었다. 하지만 마침내 그것

* 안에 견과류나 씨앗 등이 들고 겉에 설탕을 입힌 과자.

도 끝이 나고 그들은 다시 둥그렇게 둘러앉아 생쥐에게 이야기를 좀더 해달라고 졸랐다.

"네 이야기를 해주겠다고 약속했잖아." 앨리스가 말했다. "왜 네가 냥이와 멍이를 싫어하는지도." 이 말은 쥐가 또 기분이 상할까 조마조마해하며 기어들어가는 소리로 덧붙였다.

"내 꼴이 이렇게 된 데에는 길고 슬픈 사연이 있단다!" 생쥐가 앨리스를 보고 말하며 한숨을 쉬었다.

"확실히 꼬리가 길긴 하지만."* 앨리스는 쥐의 꼬리를 내려다보며 궁

* 원문에서 앨리스는 쥐가 말한 'tale(사연)'을 'tail(꼬리)'로 알아듣는다.

금히 여겼다. '왜 슬프다고 하지?' 그리고 앨리스는 쥐가 말하는 동안 그 생각을 계속했으므로, 앨리스의 머릿속에서 이야기는 대충 이랬다.

퓨리가 집안에서
쥐를 만나 말했다네
'법정에 가는 거다,
내가 너를 기소하지
거부해도 소용없어,
반드시 재판한다
오늘 아침엔 정말
할일이 없으니까.'
쥐는 악당에게,
'선생님, 실례지만
배심원도 판사도
없는 그런
재판 따위
쓸데없는
시간낭비
아닐까
합니다만.'
'판사도
내가 하고
배심원도
내가 하지'
닳고 닳은
교활한
퓨리가
말했다네
'속속들이
따져보고
네게
사형
선고를
내릴
테다.'

"제대로 안 듣고 있구나!" 생쥐가 엄하게 말했다. "뭘 생각하고 있는 거야?"

"미안해." 앨리스는 몸 둘 바를 모르며 말했다. "다섯번째 굽이까지 갔었지?"

"다 틀렸어!" 생쥐가 몹시 화를 내며 날카롭게 말했다.

"뒤틀렸구나!"* 언제든 도움이 될 준비가 되어 있는 앨리스는 걱정스레 둘러보며 말했다. "오, 내가 풀어줄게!"

"그런 짓 따위는 하지 않을 거야." 생쥐는 말하고, 일어서서 가버렸다. "넌 말도 안 되는 소리만 하면서 날 모욕해!"

"그럴 생각은 아니었어!" 가엾은 앨리스는 애원했다. "그렇지만 있잖니, 넌 너무 쉽게 화를 내!"

생쥐는 대꾸로 그르렁거렸을 뿐이었다.

"부디 돌아와서 이야기를 마저 해주렴!" 앨리스는 생쥐를 불렀고, 다른 동물들도 모두 입을 모아 불렀다. "그래, 부탁이야!" 하지만 쥐는 진절머리난다는 듯 고개를 흔들 뿐이었고, 발걸음이 한층 빨라졌다.

"같이 안 있겠다니 아쉽네!" 생쥐가 눈에 보이지 않게 되자 로리앵무가 한숨을 쉬었다. 그리고 나이든 게 한 마리가 기회를 놓치지 않고 제 딸에게 말했다. "자, 얘야! 이걸 교훈삼아 네가 성질을 부려선 안 된다는 걸 알아두렴!" "입다물고 계세요, 엄마!" 어린 게가 퉁명스럽게 대꾸했다. "굴이라도 엄마에겐 인내심을 잃겠어요!"

"우리 다이나가 여기 있으면 좋을 텐데, 정말!" 앨리스가 딱히 누구

* 원문에서 앨리스는 바로 위에서 쥐가 말한 'I had *not*!'을 'A knot'으로 잘못 알아듣는다.

에게랄 것 없이 말했다. “다이나라면 바로 쥐를 붙들어올 거야!”

“혹시 물어봐도 된다면, 다이나가 누구니?” 로리앵무가 물었다.

다이나 얘기라면 언제든 할 준비가 되어 있던 앨리스가 신나게 답했다. “다이나는 우리 고양이야. 쥐 잡는 게 얼마나 대단한데, 상상도 못 할걸! 오, 게다가 다이나가 새 잡는 걸 봐야 되는데! 작은 새는 보자마자 먹어치운단다!”

이 말로 일동에는 엄청난 소동이 일었다. 새 몇 마리는 당장 자리를 떴다. 늙은 까치는 조심스레 몸을 사리며 “이제 정말 집에 가야겠다. 밤공기는 목에 좋지 않거든!”이라 말했고, 카나리아는 떨리는 목소리로 어린것들을 불러모았다. “이리 오렴, 내 새끼들! 다들 잠자리에 들 시간이야!” 각양각색의 핑계를 대며 그들은 모두 사라졌고, 이내 앨리스 혼자 남았다.

“다이나 얘기를 꺼내지 말걸!” 앨리스는 서글프게 중얼거렸다. “여기선 아무도 다이나를 좋아하지 않나봐, 다이나는 세상에서 제일가는 고양인데! 오, 귀여운 다이나야! 널 다시 보게 될 수나 있을까!” 그리고 이쯤에서 가엾은 앨리스는 다시 울기 시작했는데, 너무나 외롭고 기가 꺾였기 때문이었다. 그러나 잠시 후 멀리서 작은 발소리가 다시 들렸고, 앨리스는 쥐가 마음을 돌려 이야기를 마저 끝내러 오는 것이길 은근히 바라며 뚫어져라 바라보았다.

## 4장
# 토끼가 꼬마 빌을 보내다

발소리 주인은 흰토끼였다. 토끼는 천천히 돌아오며 뭔가 잃어버린 듯 걱정스레 두리번거리고 있었다. 앨리스에게는 토끼가 "공작부인! 공작부인! 오 내 소중한 발! 오 내 털과 수염! 그분은 날 처형시킬 거야, 족제비가 족제비 짓 하는 거나 마찬가지지! 내가 대체 그걸 어디 떨어뜨렸으려나?" 하는 소리가 들렸다. 단박에 토끼가 부채와 하얀 새끼 염소 가죽장갑을 찾고 있다고 여긴 앨리스는 마음씨 곱게도 찾아보기 시작했지만 아무데도 보이지 않았다. 눈물 연못에서 헤엄치고 난 이후 모든 게 바뀐 듯했고, 넓은 홀은 유리 테이블과 작은 문과 함께 흔적도 없이 사라졌다.

이윽고 토끼가 부채와 장갑을 찾아다니는 앨리스를 알아채고 화난 목소리로 불렀다. "이봐, 메리 앤, 여기서 뭐 하고 있어? 즉시 집으로 달려가서 장갑과 부채를 가져와! 서둘러, 당장!" 그리고 앨리스는 너무나 겁먹은 나머지 토끼의 실수를 바로잡을 생각도 못하고 토끼가 가리키는 방향으로 당장 뛰어갔다.

"날 자기 집 하녀인 줄 알았나봐." 앨리스는 뛰면서 혼잣말했다. "내가 누군지 알게 되면 얼마나 놀랄까! 그렇지만 부채와 장갑을 가져다주는 게 좋겠어—그러니까, 찾을 수 있다면 말이지만." 이렇게 말하면서 앨리스는 아담하고 깔끔한 집에 이르렀는데, 문에는 'W. 토끼'라고 새겨진 반짝이는 놋쇠 명패가 붙어 있었다. 앨리스는 노크를 생략하고 들어가 서둘러 위층으로 올라갔다. 혹시 진짜 메리 앤과 마주쳐 부채와 장갑을 찾기도 전에 쫓겨날까봐 몹시 두려웠던 것이다.

"참 이상하기도 하지." 앨리스는 혼잣말했다. "토끼 심부름을 하다니! 다음번엔 다이나가 내게 심부름을 시키겠군!" 그리고 앨리스는 그렇게 되면 어떨지 상상하기 시작했다. "'앨리스 아씨! 어서 이리 와요, 산책 갈 준비를 해야죠!' '금방 가요, 유모! 그렇지만 나 다이나가 올 때까지 이 쥐구멍을 지켜보며 쥐가 나오지 않나 봐야 해요.' 그렇지만 아마," 앨리스는 계속했다. "다이나가 그렇게 사람들에게 이래라저래라 해댄다면 집에 다이나를 두려 하지 않겠지!"

이즈음 앨리스는 창가에 테이블이 있는 깔끔한 작은 방에 들어섰고, 테이블에는 (바랐던 대로) 부채 하나와 자그마한 흰색 새끼염소 가죽 장갑 두세 켤레가 있었다. 앨리스는 부채와 장갑 한 켤레를 집었고, 막 방을 나서려는데 거울 옆에 있는 작은 병에 눈길이 갔다. 이번에는 병에 '**나를 마셔요**'라는 딱지가 붙어 있지 않았지만, 그래도 앨리스는 마개를 열고 병을 입술에 댔다. "분명 **뭔가** 재미있는 일이 일어날 거야."

앨리스는 말했다. "뭔가 먹거나 마실 때마다 말이야. 그러니까 이 병은 어떻게 되나 봐야지. 다시 커졌으면 참 좋겠다. 이렇게 조그만 채로 있는 건 이제 정말 지겨워!"

과연 그렇게 되었고, 그것도 앨리스가 기대했던 것보다 훨씬 효과가 빨랐다. 병에 든 것을 반도 마시기 전에 앨리스는 머리가 천장에 짓눌리는 것을 느꼈고 목이 부러지지 않게 구부정히 숙여야 했다. 앨리스는 황급히 병을 내려놓고 말했다. "이제 충분하고도 남아—더 커지지 않았으면 좋겠는데—이랬다간 문으로 나갈 수가 없어—그렇게 많이 마시지 말걸!"

어쩌나! 후회하기엔 너무 늦었다! 앨리스는 계속 커지고 커져, 머지않아 바닥에 무릎을 꿇어야 했다. 다음 순간에는 그러기조차 비좁아져 앨리스는 한쪽 팔꿈치를 문에 대고 다른 쪽 팔로는 머리를 감싸고 누

워보았다. 그래도 계속 커지자, 최후의 수단으로 앨리스는 한쪽 팔을 창밖으로, 한쪽 발을 굴뚝으로 내밀고 말했다. "이제는 어떻게 되든 더는 어쩔 수가 없어. 난 어떻게 되는 걸까?"

다행스럽게도 작은 마법약 병은 이제 효과가 다했고 앨리스는 더는 커지지 않았다. 그래도 몹시 불편했고, 아무래도 다시는 방밖으로 나갈 길이 없어 보였으므로 당연히 앨리스는 불행했다.

'집에 있을 때가 더 좋았어.' 가엾은 앨리스는 생각했다. '집에서는 노상 커졌다가 작아지지도 않고, 쥐며 토끼에게 명령받을 일도 없었는데. 토끼굴로 내려오지 말 걸 그랬나봐. 그래도—그래도—이런 생활은 꽤 신기하지 뭐야! 내게 어떤 일이 생길지 궁금한걸! 동화를 읽을 때는 그런 일은 결코 일어나지 않는다고 생각했는데, 지금 난 바로 그 속에 있잖아! 나에 대해 쓰인 책이 있어야 해, 꼭 있어야 해! 내가 크면 내 손으로 써야지—하지만 난 이제 다 컸는걸.' 앨리스는 슬프게 덧붙였다. "적어도 여기는 더 클 공간도 없어."

'그건 그렇지만.' 앨리스는 생각했다. '난 지금보다 더 나이를 먹지 않는 걸까? 어떻게 보면 좋기도 하겠다—절대 할머니가 되진 않을 테니까—그렇지만—언제까지나 학교 공부를 해야 하는 거잖아! 오, 그건 싫어!'

"앨리스, 이 바보 같으니." 앨리스는 스스로에게 대꾸했다. "여기서 어떻게 공부를 하겠니? 세상에, 너 있을 자리도 모자란데, 교과서를 둘 자리는 당연히 없지!"

그렇게 앨리스는 한쪽을 맡았다가 다른 쪽을 맡았다가 하며 그럴싸한 대화를 이어나갔다. 그러나 얼마 후 밖에서 목소리가 들려오자 귀를 기울이려고 말을 멈췄다.

"메리 앤! 메리 앤!" 목소리가 말했다. "내 장갑 당장 가져와!" 다음으로 계단에 타닥타닥 발소리가 뒤따랐다. 앨리스는 자신을 찾으러 오는 토끼라는 걸 알았고, 이제는 토끼보다 한 천 배는 커서 전혀 겁낼 이유가 없음을 잊고 집이 흔들릴 정도로 몸을 떨었다.

이제 토끼는 문으로 올라와 열려고 했다. 그러나 안쪽으로 열리는 문이었고, 앨리스의 팔꿈치가 문을 꽉 누르고 있었으므로 문은 열리지 않았다. 앨리스는 토끼가 혼잣말로 "그럼 빙 둘러서 창문으로 들어가야겠군"이라고 말하는 소리를 들었다.

'그렇게는 안 될걸!' 앨리스는 생각하고, 창문 바로 아래서 토끼의 소리가 들릴 때까지 기다렸다가 팔을 불쑥 뻗어 허공을 그러쥐었다. 손에는 아무것도 잡히지 않았지만 작은 비명소리와 떨어지는 소리, 유리 깨지는 소리가 들렸고, 앨리스는 토끼가 오이 모종판이나 그 비슷한 것 위로 떨어졌으리라 짐작했다.

다음으로 화난 목소리가 들렸다.—토끼였다. "팻! 팻! 어디 있어?" 그리고 들은 적 없는 목소리가 대답했다. "저 여기 있습니다요! 사과를 파내고 있습죠, 나리!"

"사과를 파낸다니, 참 나!" 토끼가 성내며 말했다. "여기야! 와서 날 좀 여기서 꺼내줘!" (유리가 더 깨지는 소리.)

"자, 팻, 자네가 보기엔 창문에 있는 저게 뭔가?"

"그야 팔입죠, 나리!" (팻은 팔을 '파알'이라고 발음했다.)

"팔이라니, 얼간아! 저렇게 큰 팔이 어디 있어? 저 봐, 창문에 꽉 들어찼잖아!"

"그렇습니다요, 나리, 그래도 팔은 팔인뎁쇼."

"뭐, 어쨌거나 저게 저기 있을 이유가 없지. 가서 썩 치워!"

그뒤로 긴 침묵이 이어지고, 앨리스에겐 이따금 소곤대는 소리만 들렸다. "아유, 그건 싫습니다요, 나리, 절대로, 절대로!" "시키는 대로 해, 이 겁쟁이!" 같은 소리였고, 마침내 앨리스는 한번 더 손을 쭉 뻗어 다시 허공을 그러쥐었다. 이번에는 작은 비명 두 개가 들리고 유리 깨지는 소리가 더 났다. '오이 모종판이 무지 많은가보네!' 앨리스는 생각했다. '녀석들이 다음엔 뭘 할지 모르겠군! 날 창밖으로 끌어내는 거라면, 해낼 수 있다면 좋겠다! 난 한시도 여기 더 있고 싶진 않아!'

앨리스는 아무 소리도 들리지 않는 가운데 얼마쯤 기다렸다. 마침내 작은 수레바퀴 구르는 소리와, 제법 여럿이 한번에 떠드는 소리가 들렸다. 앨리스는 대충 이런 말을 알아들었다. "다른 사다리는 어디 있지?—이런, 난 하나밖에 안 가져왔는데, 빌에게 있어—어이, 빌! 그거 이리 가져와!—여기, 이쪽 모퉁이에 세워—아니, 먼저 두 개를 서로 묶어야지—그래도 높이가 반절밖에 안 닿네—오! 그걸로 충분할 거야. 까다롭게 굴지 마—여기야, 빌! 이 밧줄 잡고 있어—지붕이 버틸까?—거기 슬레이트가 헐거우니까 조심해—아, 떨어진다! 머리 조심해!" (요란하게 박살나는 소리)—"뭐야, 누가 그랬어?—빌이었을걸—누가 굴뚝으로 내려가지?—흥, 난 안 해! 네가 하지 그래!—그건 나도 싫거든!—빌이 내려가도록 해—야, 빌! 주인님이 너더러 굴뚝을 타고 내려가래!"

"오! 그러니까 빌이 굴뚝으로 내려오는 거구나?" 앨리스는 혼잣말했다. "이런, 다들 빌에게만 몽땅 떠넘기는 것 같네! 무슨 일이 있어도 빌 같은 처지가 되진 않을 거야. 이 벽난로는 확실히 좁지만, 조금 차줄 수는 있겠군!"

앨리스는 가능한 한 굴뚝 아래쪽으로 발을 움츠리고, 작은 동물이(무슨 동물인지 통 알 수 없었다) 자기 바로 위의 굴뚝을 긁으며 기어오는 소리가 날 때까지 기다렸다. 그런 다음 "이게 빌이군"이라 말하며 단번에 힘차게 걷어차고 어떤 일이 벌어지는지 기다렸다.

처음으로 들은 소리는 "저기 빌이 날아간다!"라는 여럿의 합창이었고 이어서 "거기, 울타리 옆에, 빌을 잡아!"라는 토끼의 목소리, 다음으로 정적, 그 다음엔 뒤섞인 목소리가 한차례 더 들렸다. "머리를 받쳐줘—브랜디 가져와—숨막히면 안 돼—어땠어, 친구? 무슨 일을 당했지? 전부 얘기해봐!"

마지막으로 가냘프고 끽끽대는 목소리가 들렸다('빌이구나.' 앨리스는 생각했다). "글쎄, 잘 모르겠어—이제 됐어, 고마워, 많이 좋아졌어—하지만 정신이 하나도 없어서 뭐라 말을 못하겠어—내가 아는 건, 뭔가가 깜짝상자 속 인형처럼 날 튕겨냈다는 거고, 내가 폭죽처럼 급상승하고 있지 뭐야!"

"정말로 그랬다고, 친구!" 다른 동물들이 말했다.

"집을 불살라야겠다!" 토끼의 목소리가 말했다. 그리고 앨리스는 있는 힘껏 외쳤다. "그랬다간 여기다 다이나를 풀어놓을 거야!"

즉시 죽은듯 고요해졌고, 앨리스는 생각했다. '다음번엔 저들이 뭘 할지 모르겠군! 조금이라도 상식이 있다면 지붕을 떼어낼 텐데.' 일이 분 후 그들은 다시 들썩이기 시작했고, 앨리스는 토끼가 하는 말을 들었다. "처음에는 손수레 한 대분이면 될 거야."

"뭐가 한 대분이지?" 앨리스는 의아했지만, 궁금증은 오래가지 않았다. 다음 순간 창문에서 작은 조약돌이 빗발치며 쏟아졌고, 몇 개는 얼굴에 맞았다. "그만두게 해야겠어." 앨리스는 혼잣말하고, 크게 외쳤다. "안 그러는 게 좋을걸!" 또 한차례 죽은듯 고요해졌다.

앨리스는 조약돌들이 바닥에 떨어지자마자 모두 작은 케이크로 변하는 것을 보고 놀랐고, 기막힌 생각이 떠올랐다. '저 케이크를 먹으면,' 앨리스는 생각했다. '분명 내 몸 크기가 약간 변할 거야. 이보다 더 커질 리야 없으니 작아지겠지.'

그래서 앨리스는 케이크 하나를 삼키고 기쁘게도 곧장 줄어드는 것을 알아차렸다. 문을 빠져나갈 수 있을 만큼 작아지자마자 앨리스는 집 밖으로 뛰어나갔고, 밖에 잔뜩 모여 있는 작은 동물과 새들과 마주쳤다. 가엾은 작은 도마뱀 빌이 한가운데서 기니피그 두 마리의 부축을 받으며 병에서 뭔가를 받아 마시고 있었다. 앨리스가 나타난 순간 다들 달려들었지만, 앨리스는 힘닿는 한 열심히 달려 곧 울창한 숲속에 무사히 다다랐다.

"맨 처음 할일은," 앨리스는 숲속을 거닐며 말했다. "내 원래 크기로 다시 커지는 거야. 그다음 할일은 그 아름다운 정원으로 가는 길을 찾는 거고. 그러는 게 최고의 계획 같아."

그건 아주 훌륭한 계획임이 틀림없었고 아주 간결하고 단순하게 정리되어 있었으나, 유일한 어려움은 어떻게 실행에 옮겨야 할지 아무런 실마리도 없다는 점이었다. 나무들 사이를 불안스럽게 살펴보고 있는데, 머리 위에서 짧게 짖는 소리가 들려 앨리스는 허둥지둥 올려다보았다.

거대한 강아지 한 마리가 크고 동그란 눈으로 앨리스를 내려다보며, 앞발 한쪽을 머뭇대며 내밀어 앨리스를 건드리려 했다. 앨리스는 "아유, 짠한 것!" 하고 어르는 말투로 부르며 휘파람을 불려고 애썼다. 하지만 그 개가 배고플지도 모르고, 그렇다면 아무리 얼러도 자신을 먹어치울 가능성이 높다는 생각이 머리를 떠나지 않아 너무 무서웠다.

뭘 어쩌겠다는 생각도 없이 앨리스는 작은 나뭇가지를 주워 강아지에게 내밀었다. 강아지는 신나서 깽깽거리며 폴짝 뛰어올라 나뭇가지에 달려들어 나뭇가지를 물려고 했다. 앨리스는 강아지에게 들이받히지 않으려고 커다란 엉겅퀴 뒤로 몸을 피했다. 앨리스가 반대편에서 모습을 나타낸 순간, 강아지는 또 한차례 나뭇가지에 덤벼들었고, 낚아채려고 서두르던 나머지 나뒹굴고 말았다. 앨리스는 꼭 짐마차 끄는 말과

노는 것 같다고 생각하며, 매순간 발에 짓밟히리라 각오하며 엉겅퀴 뒤로 다시 돌아갔다. 강아지는 연거푸 나뭇가지에 달려들었는데, 매번 아주 조금 앞으로 달려나왔다가 뒤로 멀찍이 물러났고, 내내 목이 쉬도록 짖다가 마침내 숨을 헐떡이며 혀를 빼물고 커다란 눈을 반쯤 감은 채, 한참 떨어진 곳에 앉았다.

앨리스는 달아나기에 좋은 기회라고 여겼다. 그래서 당장 뛰기 시작해 힘이 빠지고 숨이 찰 때까지, 강아지 짖는 소리가 멀리서 희미하게 들릴 때까지 내달렸다.

"그래도 정말 귀여운 강아지였어!" 앨리스는 쉬려고 미나리아재비에 기대앉아 잎사귀 하나로 부채질을 하며 말했다. "재주를 가르치면 참 재미있었을 텐데. 내가 적당히 크기만 했어도 말이야! 오 세상에! 다시 커져야 한다는 걸 하마터면 잊을 뻔했어! 어디 보자—어떻게 해야 하지? 뭔가를 먹거나 마시면 될 것 같은데, 중요한 문제는 이거야, 그게 '뭘까?'"

확실히 중요한 문제는 그게 '무엇인가'였다. 앨리스는 주변의 꽃과 풀잎을 전부 살펴보았지만, 그 자리에 먹거나 마시기에 알맞아 보이는 건 아무것도 없었다. 근처에 앨리스와 키가 비슷한 큼직한 버섯이 자라고 있었다. 버섯의 아래를 보고, 좌우를 보고, 뒤를 보았더니, 버섯 꼭대기에는 뭐가 있는지도 봐야겠다는 생각이 들었다.

앨리스는 까치발을 딛고 몸을 쭉 뻗어 버섯 가장자리 위를 내다보았고, 곧장 커다란 푸른 쐐기벌레와 눈이 마주쳤다. 쐐기벌레는 버섯 꼭대기에 팔짱을 끼고 앉아 긴 물담뱃대를 빨며 앨리스건 무엇이건 손톱만큼도 신경쓰지 않고 있었다.

## 5장
# 쐐기벌레의 조언

쐐기벌레와 앨리스는 얼마간 말없이 서로를 쳐다보았다. 마침내 쐐기벌레가 입에서 물담뱃대를 떼고, 나른하고 졸린 목소리로 말을 걸었다.

"넌 누구냐?" 쐐기벌레가 물었다.

별로 대화를 시작하고 싶어지는 첫마디는 아니었다. 앨리스는 좀 수줍게 대답했다. "저—저도 잘 모르겠어요, 선생님, 지금은요—어쨌든 아침에 일어났을 때는 제가 누구인지 알았는데, 그후로 여러 번 바뀐 것 같아요."

"그게 무슨 말이야?" 쐐기벌레가 엄하게 말했다. "똑바로 설명해라!"

"죄송하지만 저도 잘 설명할 수가 없어요, 선생님." 앨리스는 말했다. "그게 있잖아요, 전 제가 아니거든요."

"있긴 뭐가 있어." 쐐기벌레가 말했다.

"죄송하지만 더 자세히 설명하긴 어려워요." 앨리스는 매우 공손하게 대꾸했다. "일단 저조차도 이해할 수가 없는걸요. 게다가 하루에 여러 다른 크기로 변하는 건 무척 혼란스럽고요."

"안 그래." 쐐기벌레가 말했다.

"뭐, 아직은 안 그러시겠지만." 앨리스는 말했다. "번데기로 변해야 할 때가 오면—언젠가는 그렇게 되리라는 거 아시죠—그다음엔 나비로 변한다면, 좀 기묘하단 기분이 드실 테죠, 안 그래요?"

"아니, 전혀." 쐐기벌레가 말했다.

"글쎄요, 선생님 기분은 다를지도 모르죠." 앨리스는 말했다. "제가 아는 건, 저라면 굉장히 기묘한 기분이리라는 거예요."

"너라고!" 쐐기벌레가 업신여기는 투로 말했다. "넌 누군데?"

그리하여 대화는 다시 원점으로 돌아갔다. 앨리스는 쐐기벌레의 무뚝뚝한 매우 짧은 대꾸에 좀 짜증이 나서, 등을 쭉 펴고 아주 의젓하게 말했다. "당신이 누구인지를 먼저 말하는 게 도리일 것 같은데요."

"왜?" 쐐기벌레가 말했다.

이 또한 알쏭달쏭한 질문이었다. 앨리스로서는 그럴듯한 이유가 떠오르지 않았고, 쐐기벌레가 무척 못마땅한 기분인 것 같았으므로 발길을 돌렸다.

"돌아와!" 쐐기벌레가 앨리스를 불렀다. "중요한 할말이 있다!"

이 말은 확실히 희망적으로 들려서 앨리스는 쐐기벌레에게 돌아갔다.

"성질을 다스려라." 쐐기벌레가 말했다.

"그게 다예요?" 앨리스는 화를 참으려고 안간힘을 쓰며 말했다.

"아니." 쐐기벌레가 말했다.

앨리스는 기다려봐야겠다고 생각했다. 달리 할일도 없고, 두고 보면 쐐기벌레가 뭔가 가치 있는 말을 해줄지도 몰랐다. 얼마 동안 쐐기벌레는 말없이 물담배를 뻐끔거리더니 마침내 팔짱을 풀고 입에서 물담뱃대를 떼고 말했다. "그러니까 넌 네가 바뀌었다고 생각한다는 거지?"

"그런 것 같아요, 선생님." 앨리스는 말했다. "예전에 알던 것들을 기억할 수가 없고요. 십 분도 같은 크기로 가만있지를 않아요!"

"뭘 기억할 수 없는데?" 쐐기벌레가 물었다.

"그러니까, 「어쩌면 작은 꿀벌은」을 외워보려 했는데, 완전히 다르지 뭐예요!" 앨리스는 몹시 우울하게 대답했다.

"「아버지는 늙으셨죠, 윌리엄 아버지」*를 외워봐라." 쐐기벌레가 말

---

* 로버트 사우디(1774~1843)의 시 「노인의 안락과 안락을 얻은 방법The Old Man's Comforts and How He Gained Them」을 유머러스하게 패러디한 것이다. 원본 시는 다음과 같다.

> 아버지는 늙으셨죠, 윌리엄 아버지, 젊은이가 외쳤다네,
> 　얼마 남지 않은 머리칼은 회색이고요,
> 아버지는 정정하시죠, 윌리엄 아버지, 노익장이세요,
> 　부디 그 이유를 말씀해주세요.
>
> 젊었을 때 나는, 윌리엄 아버지 대답했네,
> 　청춘이 빠르게 흘러간다는 것을 잊지 않았단다,
> 처음부터 내 건강과 기력을 낭비하지 않아
> 　마지막에 부족할 일이 없도록 했지.

했다.

앨리스는 양손을 깍지 끼고 읊기 시작했다.

"아버지는 늙으셨죠, 윌리엄 아버지." 젊은이가 말했다네
"머리칼은 여기저기 새하얗게 세셨고요,
그런데도 쉴새없이 물구나무서시다니—
그 나이에 어울리는 행동이라 보시나요?"

"왕년에는 말이다." 윌리엄 아버지 아들에게 대답했네
"그랬다간 뇌라도 다칠까봐 겁났지,

---

아버지는 늙으셨죠, 윌리엄 아버지, 젊은이가 외쳤다네,
청춘과 더불어 기쁨들도 사라졌고요,
그럼에도 흘러간 나날을 한탄하지 않으시니,
부디 그 이유를 말씀해주세요.

젊었을 때 나는, 윌리엄 아버지 대답했네,
청춘이 영원하지 않다는 걸 잊지 않았단다,
무슨 일을 하든 장래를 생각해,
결코 과거를 두고 후회하지 않도록 했지.

아버지는 늙으셨죠, 윌리엄 아버지, 젊은이가 외쳤다네,
인생은 서둘러 저물어가고 있을 테죠.
그런데도 명랑하고, 죽음을 두고 편히 이야기하시다니!
부디 그 이유를 말씀해주세요.

나는 명랑하단다, 얘야, 윌리엄 아버지 대답했네,
그 이유를 잘 들어보렴,
젊었을 때 나는 하느님을 기억했단다!
그리고 그분은 내 나이를 잊지 않으셨지.

알고 보니 내게 뇌 같은 건 없지 뭐냐
그래서 마음놓고 하고 또 하는 거지."

"아버지는 늙으셨죠." 젊은이가 말했다네, "아까도 말했지만
살집도 두둑하게 뒤룩뒤룩 붙었고요,
그런데도 거꾸로 공중제비 돌아가며 문턱 넘으시니—
도대체 그러시는 이유가 있으세요?"

"왕년에는 말이다." 현명한 노인 백발 출렁이며 말했다네
"팔다리를 낭창낭창 유연하게 유지했지,
비결은 바로 이 연고—한 상자에 일 실링—
어디 너도 두어 통 써보지 않을 테냐?"

"아버지는 늙으셨죠." 젊은이가 말했다네, "턱은 너무 약해서
　비계보다 질긴 건 씹지도 못하실 텐데,
거위 한 마리를 뼈 부리 할 것 없이 몽땅 자셨으니—
　도대체 그러시는 비결이 무언가요?"

"왕년에는 말이다." 아버지 말했다네, "법정에 드나들며
　아내와 사사건건 시시비비 다투었지,
그때 길러진 억센 턱 근육 힘이
　남은 평생 내 몸에 남아 있는 거란다."

"아버지는 늙으셨죠." 젊은이가 말했다네, "누가 봐도
　시력이 아무래도 예전만은 못하시겠죠,
그런데도 코끝에 뱀장어 세워 균형 잡으시니—

어떡하면 그렇게 재주가 좋으시죠?"

"세 가지나 대답해주었으니 할 만큼 했다."
아버지는 말했네. "흰소리는 집어치워라!
내가 하루종일 그런 소리나 듣고 있을 줄 아니?
꺼져라, 안 그러면 계단에서 걷어차줄 테니!"

"맞지가 않는데." 쐐기벌레가 말했다.

"다 맞진 않은 것 같아요." 앨리스가 소심하게 말했다. "몇 군데 단어가 바뀌었어요."

"처음부터 끝까지 다 틀렸어." 쐐기벌레가 딱 잘라 말했고, 얼마 동안 침묵이 흘렀다.

쐐기벌레가 먼저 입을 열었다.

"어떤 크기가 되고 싶은데?" 쐐기벌레가 물었다.

"오, 딱히 크기에 연연하는 건 아니에요." 앨리스는 서둘러 답했다. "그렇지만 너무 자주 바뀌는 건 좀 그렇잖아요."

"좀 그렇지 않아." 쐐기벌레가 말했다.

앨리스는 아무 말 하지 않았다. 살면서 이렇게 많이 반박당한 적은 없었고, 점점 화를 억누르기 어려워졌다.

"지금은 만족하냐?" 쐐기벌레가 물었다.

"음, 실례가 아니라면, 좀더 커지고 싶어요, 선생님." 앨리스는 말했다. "키가 3인치에 불과한 건 정말이지 끔찍해요."

"딱 좋은 키야!" 쐐기벌레가 몸을 곧게 일으켜세우며 벌컥 화를 냈다(쐐기벌레 키는 정확히 3인치였다).

"그렇지만 난 익숙하지가 않다고요!" 불쌍한 앨리스는 안쓰럽게 말했다. 그리고 속으로 생각했다. '동물들이 이렇게 툭하면 발끈하지 말았으면 좋으련만!'

"시간이 지나면 익숙해질 거야." 쐐기벌레는 말하고, 물담뱃대를 입에 넣고 다시 피우기 시작했다.

이번에 앨리스는 쐐기벌레가 알아서 말을 꺼낼 때까지 참을성 있게 기다렸다. 일이 분 후 쐐기벌레는 물담뱃대를 입에서 떼고 한두 번 하품을 하더니 몸을 떨었다. 그러더니 버섯에서 내려가 수풀로 기어가며 지나가는 말처럼 남겼다. "한쪽은 널 커지게 하고, 다른 쪽은 작아지게 할 거야."

'무엇의 한쪽이고 무엇의 다른 쪽이라는 거지?' 앨리스는 생각했다.

"버섯 말이야." 쐐기벌레는 앨리스의 속마음을 듣기라도 한 듯 말했다. 그리고 이내 사라졌다.

앨리스는 잠시 주의깊게 버섯을 쳐다보며 어디가 한쪽이고 어디가 다른 쪽인지 분간해보려고 했다. 버섯은 완전히 둥글었으므로 이는 매우 어려운 문제였다. 하지만 마침내 앨리스는 양팔을 한껏 벌려, 양손으로 모퉁이를 조금씩 떼어냈다.

"어느 쪽이 어느 쪽이지?" 앨리스는 중얼거리며 효과를 시험해보려고 오른손에 든 버섯을 조금 갉아먹었다. 다음 순간 앨리스는 턱 밑을 거세게 얻어맞았다. 발에 턱을 찧은 것이었다!

이 너무나 갑작스러운 변화에 앨리스는 무서웠지만 급속도로 줄어들고 있으니 시간 낭비할 짬이 없다고 여겼다. 그래서 당장 다른 쪽 버섯조각을 먹기로 했다. 턱이 발에 하도 꽉 짓눌려 입을 벌릴 틈도 거의 없었다. 그래도 어떻게든 해냈고, 왼쪽 손에 든 버섯조각을 조금 삼킬 수 있었다.

*　*　*　*　*　*　*

*　*　*　*　*　*

*　*　*　*　*　*　*

"휴, 마침내 머리가 자유로워졌네!" 앨리스는 기쁘게 말했지만 다음 순간 기쁨은 공포로 변했으니, 아무리 둘러봐도 어깨가 보이지 않는 것이었다. 내려다보았을 때 보이는 거라곤 엄청난 길이의 목뿐이었고, 목은 한참 아래쪽에 펼쳐진 초록 나뭇잎들의 바다에서 줄기처럼 솟아나와 있었다.

"저 초록색 것들은 다 뭘까?" 앨리스는 말했다. "그리고 내 어깨는 어디로 간 거지? 오, 내 불쌍한 손들, 어떻게 된 거니, 보이지 않다니?" 앨리스는 말하면서 손을 움직였지만, 멀리 초록 잎사귀들이 조금 흔들렸을 뿐 아무런 성과도 없었다.

손을 머리 높이로 올릴 방도는 없어 보였으므로, 앨리스는 머리를 손 가까이 숙이려 해보았고, 목이 뱀처럼 어느 방향으로든 수월하게 구부러진다는 것을 깨닫고 몹시 기뻤다. 우아한 지그재그로 목을 구부리는 법을 익히고, 알고 보니 바로 자기가 아까 밑에서 거닐던 나무들의 우듬지였던 초록 잎사귀들 틈으로 수그리고 들어가려던 차에, 날카로운 쉿 소리가 나서 앨리스는 황급히 움츠렸다. 큰 비둘기 한 마리가 앨리스의 얼굴로 날아와 날개로 거세게 때리고 있었다.

"뱀 놈아!" 비둘기가 소리쳤다.

"나는 뱀이 아냐!" 앨리스는 분개해서 말했다. "날 내버려둬!"

"뱀 맞거든!" 비둘기는 되풀이했지만, 이번엔 조금 누그러지고 흐느낌이 섞인 듯한 말투였다. "온갖 수를 다 써봤지만 놈들에겐 아무것도 안 통하는 것 같군!"

"무슨 말을 하는 건지 하나도 모르겠어." 앨리스는 말했다.

"나무뿌리에도 해봤고, 강둑에도 해봤고, 산울타리에도 해봤어." 비둘기는 앨리스에게 신경쓰지 않고 늘어놓았다. "하지만 그놈의 뱀들! 녀석들은 어쩔 도리가 없어!"

앨리스는 점점 더 어리둥절했지만, 비둘기가 할말을 다 할 때까지는 아무 말도 소용없을 거라 생각했다.

"알을 품는 것만 해도 힘들어 죽겠는데." 비둘기는 말했다. "밤낮으로 뱀이 오나 망까지 봐야 한다고! 요 삼 주간 한숨도 못 잤어!"

"저런, 정말 성가셨겠다, 안됐구나." 앨리스는 비둘기의 말이 이해가 가기 시작했다.

"그러다 숲에서 제일 높은 나무를 골라 자리잡은 참에," 비둘기는 목소리를 높이다 못해 거의 악을 쓰고 있었다. "마침내 뱀들 걱정을 놓게 되었다고 생각하던 참에, 꼭 하늘에서 꿈틀거리며 내려와야 하겠니! 어휴, 뱀이란!"

"그렇지만 난 뱀이 아니라니까!" 앨리스는 말했다. "나는—나는—"

"어디! 넌 뭔데?" 앨리스는 말했다. "뭔가 꾸며내서 둘러대려는 거 다 보여!"

"난—나는 여자아이야." 앨리스는 말했지만, 그날 몇 차례나 변했는지 생각해보니 좀 자신이 없었다.

"거참 그럴싸하구나!" 비둘기는 한껏 경멸을 담아 말했다. "나도 살면서 여자아이를 많이 봤지만, 너처럼 목이 긴 아이는 하나도 없었어! 아니, 아니야! 넌 뱀이고, 부정해도 소용없어. 다음번에는 알은 먹어본 적도 없다고 하겠구나!"

"알이라면 분명 먹어봤어." 매우 정직한 아이였던 앨리스는 말했다. "하지만 여자애들도 뱀만큼이나 새알을 많이 먹는단다."

"믿을 수 없어." 비둘기가 말했다. "하지만 정말 그렇다면, 여자애들도 뱀이나 다를 바 없지 뭐야, 내 할말은 이것뿐이야."

이는 앨리스에게 완전히 새로운 발상이었으므로 앨리스는 일이 분 정도 조용해졌고, 그 틈을 타 비둘기는 한마디 덧붙였다. "넌 새알을 찾는 거지, 난 다 알아. 그렇다면 네가 여자아이든 뱀이든 내게 뭐가 중요하겠니?"

"나에게는 매우 중요해." 앨리스는 다급히 말했다. "하지만 난 새알을 찾는 게 아니란 말야. 게다가 그렇다고 해도 네 알은 필요 없을 거야. 난 날것은 좋아하지 않거든."

"그래, 그럼 썩 꺼져!" 비둘기는 부루퉁하게 말하며 둥지에 웅크리고 앉았다. 앨리스는 고생고생하며 나무들 틈으로 목을 수그렸다. 목이 나뭇가지 사이에 계속 걸리는 바람에 이따금 멈춰서 풀어줘야 했기 때문이다. 얼마 후 앨리스는 아직도 양손에 버섯조각을 쥐고 있다는 것을 떠올리고, 아주 조심스레 처음에는 한쪽을 다음에는 다른 쪽을 갉아먹어가며 때로는 커지고 때로는 작아지다가 마침내 평소의 키로 돌아오는 데 성공했다.

제대로 된 키였던 적이 하도 오래되어 처음에는 사뭇 이상한 기분이었지만, 앨리스는 몇 분 만에 익숙해져 평소대로 혼잣말을 시작했다. "자아, 이제 내 계획의 반은 이뤄졌어! 계속 변하다니 정말 헷갈려! 바로 다음 순간 어떻게 될지조차 알 수 없는걸. 하지만 내 원래 크기로 돌아왔어. 다음은 그 아름다운 정원에 들어가는 거야. 그러려면 어떻게 해야 할까?" 이 말을 하는 순간 앨리스는 돌연 탁 트인 공간으로 나왔는데, 거기엔 약 4피트 높이의 작은 집이 있었다. '여기 사는 게 누구든,' 앨리스는 생각했다. '이 크기로 마주쳐선 절대 안 되겠지. 저런, 그랬다간 정신이 나갈 정도로 겁을 줄 거야!' 그래서 오른쪽 손의 버섯을 갉아먹기 시작했고, 키가 9인치로 줄어든 다음에야 집을 향해 다가갔다.

## 6장
# 돼지와 후추

일이 분 동안 앨리스는 선 채로 집을 바라보며 이제 어떻게 할까 궁리하고 있었는데, 갑자기 제복을 입은 하인이 숲에서 뛰어나와—(앨리스가 하인이라고 생각한 건 그가 제복 차림이었기 때문이다. 제복이 아니었다면 얼굴만 보고 물고기라고 했을 터였다)—주먹으로 요란하게 문을 두드렸다. 동그란 얼굴에 개구리처럼 눈이 커다란 다른 제복 차림의 하인이 문을 열었다. 앨리스는 두 하인 다 머리를 온통 덮은 곱슬머리에 하얗게 분을 뿌렸음을 눈치챘다. 무슨 일인지 무척 궁금했으므로, 앨리스는 숲에서 몰래 조금 빠져나와 귀를 기울였다.

물고기 하인이 먼저 팔에 끼고 있던 자기 몸집만큼이나 되는 큰 편지를 꺼내, 상대에게 건네며 엄숙한 어조로 말했다. "공작부인께 드리는, 크로케 경기를 하자는 여왕님의 초청장입니다." 개구리 하인은 똑

같이 엄숙한 어조로 말의 순서만 조금 바꿔서 되풀이했다. "여왕님께서 보내신, 공작부인께 크로케 경기를 하자는 초청장이군요."

다음으로 둘 다 고개 숙여 절했고, 둘의 곱슬머리가 서로 엉켰다.

이 광경을 보고 앨리스는 너무나 웃어댔고 혹시 웃음소리를 들킬까 봐 숲으로 도로 달려가 숨어야 했다. 다음번에 나와보니 물고기 하인은 가고, 다른 하인은 문 근처 바닥에 앉아 멍청히 하늘을 올려다보고 있었다.

앨리스는 머뭇거리며 문으로 다가가 노크했다.

"노크해봐야 소용없어." 하인이 말했다. "두 가지 이유에서지. 첫번째로, 내가 너와 마찬가지로 문밖에 있기 때문이야. 두번째로, 안에서 너무나 시끄럽게 법석을 떨고 있어서 아무도 네 노크 소리를 들을 수 없기 때문이지." 확실히 안에서는 엄청나게 요란한 소리가 들렸다—끊임없이 울부짖는 소리와 재채기 소리, 이따금 접시나 주전자가 산산조각 나는 듯한 깨지는 소리가.

"그렇다면 알려줘요." 앨리스는 말했다. "들어가려면 어떻게 해야 하죠?"

"노크하는 게 의미가 있을 수도 있겠지." 하인은 앨리스를 아랑곳하지 않고 말을 이었다. "우리 사이에 문이 있다면 말이야. 예를 들어, 네가 안에 있다면 네가 노크하면 내가 널 내보내줄 수 있을 거고." 그는 말하면서 줄곧 하늘을 쳐다보고 있었고, 앨리스에게는 더없이 무례하게 여겨졌다. "하지만 어쩔 수 없는지도 모르지." 앨리스는 혼잣말했다. "눈이 저렇게 머리 꼭대기에 바싹 붙어 있으니까. 그래도 질문에 대답쯤은 할 수 있잖아.—들어가려면 어떻게 해야 하죠?" 앨리스는 큰 소리로 다시 물었다.

"나는 여기 앉아 있을 거야." 하인이 대꾸했다. "내일까지—"

이 순간 집 문이 열리고 커다란 접시가 하인의 머리를 향해 똑바로 날아왔다. 접시는 그의 코끝을 아슬아슬하게 스쳐, 뒤편 나무에 맞아 박살이 났다.

"—아니면 모레까지일지도 모르고." 하인은 아무런 일도 없었다는 듯 변함없는 투로 말했다.

"들어가려면 어떻게 해야 하죠?" 앨리스는 목소리를 한층 더 높여 다시 물었다.

"꼭 들어가야겠어?" 하인이 말했다. "첫번째 문제는 그거야."

분명 그렇긴 했다. 하지만 앨리스는 그런 말을 듣는 게 달갑지 않았다. "정말 끔찍하다." 앨리스는 중얼거렸다. "온갖 동물이 말꼬리를 잡아대는 꼴이라니. 사람 미치게 하고도 남겠어!"

하인은 이게 자신의 대답을 여러 가지로 바꿔 되풀이할 좋은 기회라고 여기는 듯했다. "나는 여기 앉아 있을 거야." 그는 말했다. "그러다 말다 하면서, 몇 날이고 며칠이고."

"그렇지만 난 어떡해야 해요?" 앨리스는 물었다.

"뭐든 너 좋을 대로." 하인은 말하고, 휘파람을 불기 시작했다.

"아, 이 사람과 말해봐야 소용없어." 앨리스는 진이 빠져 말했다. "완전 바보 천치야!" 그리고 앨리스는 문을 열고 들어갔다.

문은 곧장 넓은 주방으로 이어졌는데, 주방은 온통 연기가 가득했다. 공작부인은 한복판에 있는 다리 셋 달린 의자에 앉아 아기를 돌보고 있었다. 요리사는 불가를 굽어보며 수프가 가득 든 듯한 큰 솥을 휘젓고 있었다.

"저 수프는 확실히 후추가 지나치게 들었어!" 앨리스는 할 수 있는 한 재채기를 참아가며 말했다.

확실히 공기중에는 후추가 너무 많았다. 공작부인조차 간간이 재채기했다. 아기로 말할 것 같으면, 한순간도 그치지 않고 재채기와 악쓰기를 번갈아가며 하고 있었다. 주방에서 재채기하지 않는 존재라곤 요

리사와 난롯가에 앉아 입이 귀에 걸릴 정도로 미소 짓고 있는 고양이 뿐이었다.

"저어, 여쭤봐도 될까요." 앨리스는 먼저 말을 걸어도 예의에 어긋나진 않는지 잘 알 수 없었으므로 좀 쭈뼛거리며 말했다. "댁의 고양이는 왜 저렇게 웃고 있나요?"

"체셔 고양이거든." 공작부인이 말했다. "그래서 그래. 돼지야!"

마지막 말은 너무나 거칠게 내뱉었으므로 앨리스는 화들짝 놀랐다. 하지만 곧 자기가 아닌 아기를 향해 한 말임을 알고, 용기를 내 말을 계속했다.

"체셔 고양이들이 항상 웃는다는 건 몰랐어요. 사실은, 고양이가 웃을 수 있다는 것도 몰랐어요."

"다들 웃을 수 있단다." 공작부인이 말했다. "그리고 대부분이 웃지."

"제가 아는 고양이 중엔 하나도 없어요." 앨리스는 대화를 나누게 된 게 기뻐서 매우 공손하게 말했다.

"넌 별로 아는 게 없구나." 공작부인이 말했다. "사실이 그래."

앨리스는 이런 말투의 대꾸가 마음에 들지 않았고 뭔가 다른 이야깃거리를 꺼내는 게 좋겠다고 생각했다. 이야깃거리를 생각해내려 하고 있는데, 요리사가 수프가 든 솥을 불에서 내리더니 곧장 손에 닿는 것을 닥치는 대로 공작부인과 아기에게 던져대기 시작했다. 난로 철 도구들이 시작이었다. 다음으로 냄비, 접시, 그릇 따위가 빗발치며 날아들었다. 공작부인은 맞아도 끄떡도 하지 않았다. 아기는 원래부터 너무 심하게 울부짖고 있었기 때문에 맞아서 아파서 그런지 아닌지 알 길이 없었다.

"오, 지금 무슨 짓인지 신경 좀 쓰세요!" 앨리스는 겁에 질린 나머지 펄쩍펄쩍 뛰며 외쳤다. "오, 아기의 소중한 코가!" 유별나게 큰 냄비가 아기의 코 바로 옆으로 날아와, 하마터면 코가 떨어져나갈 뻔했다.

"다들 자기 일에 신경쓴다면," 공작부인이 목쉰 소리로 투덜거렸다. "세상은 지금보다 훨씬 더 빨리 돌아갈 텐데."

"그런다고 이롭지는 않을 거예요." 앨리스는 지식을 약간 뽐낼 기회가 온 게 반가웠다. "밤과 낮이 어떻게 돌아갈지 생각해보세요! 지구는 축을 중심으로 도는 데 스물네 시간이 걸리는데 위도와 경도끼리—"

"도끼* 얘기가 나왔으니," 공작부인이 말했다. "저것의 목을 베어라!"

* 원문에서 공작부인은 앨리스가 말한 'axis(축)'를 발음이 같은 'axes(도끼)'로 알아듣는다.

앨리스는 걱정스레 요리사 쪽을 보며 요리사가 그 말뜻을 알아들었는지 확인하려 했지만, 요리사는 수프를 휘젓느라 바빠 듣고 있지 않은 듯했으므로 말을 이었다. "스물네 시간일 거예요, 아니 열두 시간이던가? 전—"

"아, 날 성가시게 하지 마라." 공작부인이 말했다. "난 숫자는 지긋지긋해!" 그러면서 공작부인은 다시 아기를 어르기 시작해, 자장가 같은 것을 부르며 한 소절이 끝날 때마다 아기를 난폭하게 흔들어댔다.

사내아이에겐 모질게 말해요,*
  재채기를 하면 때려주고요.
남을 못살게 굴고 싶어서
  일부러 짜증나라고 그러는 거니까.

코러스

(이 대목은 요리사와 아기도 함께 불렀다)

워우! 워우! 워우!

---

* 공작부인의 자장가는 「다정하게 말해요Speak Gently」라는 시의 패러디인데, 원본은 캐럴이 패러디했다는 사실을 제외하면 거의 잊혔고, 저자를 놓고는 G. W. 랭퍼드라는 설과 미국 시인 데이비드 베이츠라는 설이 있다. 아홉 개의 연으로 이루어진 이 시에서 공작부인의 노래와 거의 정반대인 세번째 연만 인용하면 다음과 같다.

어린아이에겐 다정하게 말해요!
  분명 사랑을 얻게 될 거예요.
부드럽고 온화한 어조로 가르침을 주어요—
  어린 시절은 오래가지 않으니까요.

노래의 2절을 부르는 동안 공작부인은 줄곧 아기를 마구 던져올렸다가 받았고, 가엾은 어린것이 어찌나 울어재꼈는지 앨리스에겐 가사가 거의 들리지 않았다.

나는 우리 아들에게 호되게 말하지요,
재채기를 하면 때려주지요.
제 맘이 내키기만 하면 얼마든지
후추를 좋아할 수 있으니까!

**코러스**

워우! 워우! 워우!

"옜다! 네가 좋다면 어디 돌봐보렴!" 공작부인이 앨리스에게 아기를 던지며 말했다. "난 가서 여왕님과 할 크로케 준비를 해야겠다." 그리고 공작부인은 서둘러 방을 나섰다. 나가는 등뒤를 겨냥해 요리사가 프라이팬을 던졌지만 아슬아슬하게 빗나갔다.

앨리스는 어렵사리 아기를 받아들었다. 괴상하게 생긴데다가, 팔다리를 사방으로 뻗어댔기 때문이다. '꼭 불가사리 같다.' 앨리스는 생각했다. 앨리스가 받아들었을 때 가엾은 것은 증기기관차처럼 코를 불며 몸을 구부렸다 폈다 용을 썼기 때문에, 처음 얼마간은 그저 붙들고 있는 게 최선이었다.

제대로 안는 법을 알아내자마자(아기를 매듭짓듯 꼬아서, 스스로 몸

을 풀지 못하게 오른쪽 귀와 왼발을 단단히 잡는 것이었다) 앨리스는 아기를 밖으로 데리고 나갔다. '내가 이 아이를 데려가지 않으면,' 앨리스는 생각했다. "이 집에선 하루이틀 만에 죽일 게 분명해. 내버려두고 가는 건 살인이나 마찬가지 아니겠어?" 마지막 말은 소리내어 했고, 아기는 맞장구치듯 꿀꿀거렸다(이제는 재채기가 멎어 있었다). "꿀꿀거리지 마." 앨리스는 말했다. "그건 제대로 된 의사 표현이라고 할 수 없어."

아기는 다시 꿀꿀거렸고, 앨리스는 뭐가 문제인지 보려고 몹시 걱정스레 아기의 얼굴을 들여다보았다. 아기가 사람의 코보다는 돼지 주둥이를 더 닮은 심한 들창코라는 건 의문의 여지가 없었다. 눈도 아기치고는 지나치게 작아지고 있었다. 전체적으로 앨리스는 그 생김새가 전혀 마음에 들지 않았다. "그렇지만 그냥 울먹이던 걸 수도 있어." 앨리스는 생각하고, 눈물이 있나 보려고 다시 눈을 들여다보았다.

아니, 눈물은 없었다. "아가야, 네가 돼지로 변할 거라면." 앨리스는 진지하게 말했다. "난 더이상 네게 볼일이 없을 거야. 잘 알아둬!" 가엾은 어린것은 다시 울먹였고(아니면 꿀꿀거렸거나, 어느 쪽인지 도저히 구분할 수 없었다), 둘은 잠시 조용히 있었다.

'그런데, 이 녀석을 집에 데려가면 어떻게 해야 하지?'라는 생각이 막 들던 차에 그것은 다시 꿀꿀거렸고, 꿀꿀거림이 하도 격해서 앨리스는 놀라 얼굴을 쳐다보았다. 이번에는 절대 잘못 볼 수가 없었다. 그건 빼도 박도 못하게 돼지였고, 앨리스는 자기가 계속 안고 있는 것도 어리석다고 느꼈다.

그래서 앨리스는 돼지를 내려놓았고 종종걸음으로 얌전히 숲으로 가는 돼지를 보고 퍽이나 마음이 놓였다. "그애가 큰다면," 앨리스는 혼잣말했다. "지독하게 못생긴 애가 될 거야. 하지만 돼지치고는 꽤 잘생긴 편인 것 같아." 그리고 자기가 아는 아이들 중 돼지가 되면 썩 어울릴 아이들을 생각하며, "그애들을 바꿔놓는 방법만 제대로 안다면—" 이라고 중얼거리다가, 몇 야드 떨어진 나뭇가지에 체셔 고양이가 앉아 있는 것을 보고 깜짝 놀랐다.

고양이는 앨리스를 보고 씩 웃기만 했다. 마음씨 좋아 보인다고 앨리스는 생각했다. 그래도 발톱이 매우 길고 이빨이 아주 많았으므로, 정중하게 대해야 할 것 같았다.

"체셔 야옹아." 그렇게 불러도 괜찮을지 알 길이 없었기에 앨리스는 좀 소심하게 말을 꺼냈다. 고양이는 입꼬리를 더 넓게 벌리며 웃었을 뿐이었다. '좋아, 지금까진 기분이 괜찮군.' 앨리스는 생각하고, 말을 이었다. "여기서는 어떤 길로 가야 하는지 알려주겠니?"

"그건 네가 어디로 가고 싶은가에 따라 크게 다르지." 고양이가 말했다.

"어디인지는 별로 상관없어—" 앨리스가 말했다.

"그렇다면 어느 길로 가는지도 상관없네." 고양이가 말했다.

"—어딘가에 닿기만 한다면 말이야." 앨리스는 설명삼아 덧붙였다.

"오, 그야 분명 그렇게 될 거야." 고양이가 말했다. "충분히 오래 걸어가기만 하면."

앨리스는 그 점은 부인할 수 없다고 여기고, 다른 질문을 했다. "이 근처에는 어떤 사람들이 사니?"

"이쪽에는," 고양이는 오른발로 크게 발짓하며 말했다. "모자쟁이가 살아. 그리고 이쪽에는," 다른 쪽 발로 발짓했다. "3월 토끼가 살지. 맘에 드는 쪽을 찾아가렴. 둘 다 미쳐 있단다."*

"하지만 난 미친 이들에게 가기 싫은걸." 앨리스는 대꾸했다.

"오, 어쩔 수 없단다." 고양이가 말했다. "여기선 우리 모두 미쳐 있거든. 나도 미쳤고. 너도 미쳤지."

---

* '모자쟁이처럼 미치다(mad as a hatter)'와 '3월 토끼처럼 미치다(mad as a March hare)'는 당시 널리 쓰이던 표현이었다. '모자쟁이처럼 미치다'라는 표현의 기원을 두고는 여러 설이 있는데, 모자를 만드는 펠트에 쓰이던 수은이 수은중독을 일으켜 실제로 모자 제작자들이 미쳤다는 것과, '독'을 뜻하는 앵글로색슨어 단어 'atter'에서 온 'adder(독사)'가 들어가는 역사가 오래된 표현 'mad as an atter'가 잘못된 표현으로 굳어졌다는 것이 대표적이다. 한편 '3월 토끼처럼 미치다'라는 표현은 멧토끼가 발정기인 3월에 이상행동을 보인다는 속설에서 나왔다.

"내가 미쳤는지 어떻게 아니?" 앨리스가 물었다.

"틀림없이 미쳤어." 고양이가 말했다. "그렇지 않다면 여기 올 리가 없으니까."

앨리스는 그걸로는 전혀 증명이 안 된다고 여겼지만, 계속해서 물었다. "그럼 네가 미친 건 어떻게 알아?"

"일단은 말이지." 고양이가 말했다. "개는 미치지 않았어. 그건 맞지?"

"그런 것 같아." 앨리스가 말했다.

"그러면, 봐." 고양이가 말을 이었다. "개는 화가 나면 으르렁거리고 기분이 좋으면 꼬리를 흔들잖아. 그런데 나는 기분이 좋으면 으르렁거리고 화가 나면 꼬리를 흔들거든. 그러니까 나는 미쳤지."

"그건 으르렁거리는 게 아니라 골골거리는 거잖아." 앨리스가 말했다.

"너 좋을 대로 말하렴." 고양이가 말했다. "오늘 여왕님과 함께 크로케 경기 하니?"

"그러면 참 좋겠지만," 앨리스가 말했다. "아직 초대받지 않았어."

"거기서 보자." 고양이가 말하고는 사라졌다.

앨리스는 기묘한 일들이 일어나는 데 너무 익숙해져서 그 광경에 그리 놀라지 않았다. 고양이가 있던 자리를 쳐다보고 있자니, 갑자기 고양이가 다시 나타났다.

"그건 그렇고, 아기는 어떻게 됐니?" 고양이가 말했다. "물어본다는 걸 잊을 뻔했네."

"돼지로 변했어." 앨리스는 고양이가 자연스레 돌아오기라도 한 듯 침착하게 말했다.

"그럴 줄 알았지." 고양이는 말하고 다시 사라졌다.

앨리스는 고양이가 다시 나타나지 않을까 기대하며 잠시 기다렸지만, 나타나지 않았으므로 일이 분 있다가 3월 토끼가 산다던 방향으로 걸어갔다. "모자쟁이라면 본 적 있어." 앨리스는 중얼거렸다. "3월 토끼가 훨씬 재미있을 거고, 지금은 5월이니까 그렇게 미쳐 날뛰진 않을 거야. 적어도 3월보단 덜 미쳐 있겠지." 이렇게 말하며 앨리스는 눈길을 들었고, 거기엔 고양이가 다시 나타나 나뭇가지에 앉아 있었다.

“돼지라고 했니, 가지라고 했니?”* 고양이가 말했다.

“돼지라고 했어.” 앨리스는 대답했다. “그리고 그렇게 불쑥 나타났다 사라지지 말아줬으면 좋겠어. 너 때문에 어지럽단 말이야.”

“알겠어.” 고양이는 말하고, 이번에는 아주 천천히 사라졌다. 꼬리부터 시작해 마지막으로 사라진 건 웃음이었고, 웃음은 고양이의 나머지 부분이 사라진 다음에도 한참 남아 있었다.

‘참! 웃지 않는 고양이라면 자주 봤지만,’ 앨리스는 생각했다. ‘고양이 없는 웃음이라니! 살면서 이렇게 신기한 건 처음 봐!’

오래지 않아 3월 토끼의 집이 보였다. 앨리스는 집을 옳게 찾았다고 짐작했는데, 굴뚝이 토끼 귀 모양이고 지붕 이엉이 토끼털이었기 때문이다. 집이 아주 커다랬기 때문에 앨리스는 왼쪽 손에 든 버섯을 조금

---

* 원문에서는 발음이 유사한 ‘pig(돼지)’와 ‘fig(무화과)’로 질문한다.

먹고 2피트 정도로 큰 다음에야 가까이 갈 마음이 들었다. 그러고 나서도 조금 머뭇머뭇 걸어가며 중얼거렸다. "갔는데 미쳐 날뛰고 있으면 어쩌지! 모자쟁이에게 갈 걸 그랬나봐!"

7장

# 미치광이 티 파티

집 앞 나무 아래에 테이블이 차려져 있고, 3월 토끼와 모자쟁이는 거기서 차를 들고 있었다. 겨울잠쥐 한 마리가 둘 사이에 앉아 깊이 잠들어 있고, 둘은 겨울잠쥐를 쿠션 삼아 팔꿈치를 괴고 그 머리 위로 이야기를 건네고 있었다. '겨울잠쥐는 굉장히 불편하겠다.' 앨리스는 생각했다. '그렇지만 잠들어 있는 걸 보니 아무렇지 않은가봐.'

테이블은 널찍했지만 셋은 한쪽 모퉁이에 복작대며 모여 앉아 있었다. "자리가 없어! 자리가 없어!" 앨리스가 오는 것을 보고 그들이 소리쳤다. "자리 많잖아요!" 앨리스는 발끈하여 말하고, 테이블 한쪽 끝에 있는 큰 안락의자에 앉았다.

"와인 좀 들어." 3월 토끼가 붙임성 있게 권했다.

앨리스는 테이블을 쭉 둘러보았지만 차밖에 없었다. "와인은 안 보

이는데요." 앨리스는 대꾸했다.

"없으니까." 3월 토끼가 말했다.

"없는 걸 권하다니 예의바른 행동이 아니에요." 앨리스는 화가 나서 말했다.

"부르지도 않았는데 앉다니 예의바른 행동이 아니지." 3월 토끼가 말했다.

"테이블이 당신 건 줄은 몰랐어요." 앨리스는 말했다. "세 명보다 훨씬 더 많이 대접할 수 있는 테이블이잖아요."

"너 머리 좀 잘라야겠다." 모자장이가 말했다. 그는 호기심이 가득 어린 눈으로 한참 동안 앨리스를 쳐다보고 있었는데, 처음 꺼낸 말이 이거였다.

"사람을 눈앞에 두고 지적하지 않는 법을 배워야겠는데요." 앨리스는 좀 엄격하게 말했다. "아주 무례한 짓이에요."

모자쟁이는 그 말을 듣고 눈을 왕방울만하게 떴다. 하지만 이렇게 말했을 뿐이었다. "갈까마귀가 왜 책상이랑 닮았게?"

'자아, 이제부터 재미있어지겠구나!' 앨리스는 생각했다. "수수께끼 놀이를 시작해서 기쁜걸.—떠올릴 수 있을 것 같아요." 앨리스는 소리 내어 말했다.

"이 문제의 정답을 찾아낼 수 있다고 생각한다는 뜻이야?" 3월 토끼가 말했다.

"그거예요." 앨리스가 말했다.

"그렇다면 네가 뜻하는 그대로 말해야지." 3월 토끼가 말했다.

"그러고 있는걸요." 앨리스는 서둘러 대답했다. "적어도—적어도 내 뜻은 내가 말하는 그대로예요—그거나 그거나 똑같잖아요."

"전혀 똑같지 않아!" 모자쟁이가 말했다. "그렇다면 '내가 먹는 것을 본다'라고 하나 '내가 보는 것을 먹는다'라고 하나 똑같겠구나!"

"그렇다면," 3월 토끼가 거들었다. "'내가 구하는 것을 좋아한다'나 '내가 좋아하는 것을 구한다'나 똑같겠네!"

"그렇다면," 겨울잠쥐가 잠결에 말하는 듯한 목소리로 끼어들었다. "'난 잘 때 숨쉰다'나 '난 숨쉴 때 잔다'나 똑같겠네!"

"너한테는 똑같잖아." 모자쟁이가 말했고, 여기서 대화는 멈추고 일동은 잠시 조용해졌으며, 앨리스는 갈까마귀와 책상에 대해 기억나는 것을 전부 쥐어짰지만 그리 나오는 게 없었다.

모자쟁이가 먼저 침묵을 깼다. "오늘이 며칠이지?" 그는 앨리스 쪽을 보며 말했다. 그는 주머니에서 시계를 꺼내, 이따금 흔들어보고 귀에도 대보며 불안하게 들여다보고 있었다.

앨리스는 잠시 생각 끝에 말했다. “4일.”

“이틀이나 틀렸어!” 모자쟁이가 한숨을 쉬었다. “버터는 쓰지 않는 게 좋을 거라고 했잖아!” 그는 화내며 3월 토끼를 향해 덧붙였다.

“최고급 버터였는걸.” 3월 토끼가 얌전히 대꾸했다.

“그래, 하지만 빵 부스러기도 같이 들어간 게 분명해.” 모자쟁이는 투덜거렸다. “빵칼을 사용하지 말았어야지.”

3월 토끼는 시계를 받아 우울하게 쳐다보았다. 그러다가 시계를 자기 찻잔에 담그고 다시 들여다보았다. 그러나 처음 했던 말 외에 할말이 뾰족이 떠오르지 않았다. “최고급 버터였다고.”

앨리스는 호기심이 일어 토끼의 어깨 너머로 구경하고 있었다. “참 신기한 시계네!” 앨리스는 말했다. “날짜를 알려주고, 시간은 알려주지 않다니!”

“왜 그래야 하지?” 모자쟁이가 중얼거렸다. “네 시계는 올해가 어떤 해인지 알려주니?”

“물론 아니죠.” 앨리스는 서슴없이 대답했다. “하지만 그건 한 해가 아주 오래가기 때문이잖아요.”

“내 시계도 마찬가지야.” 모자쟁이는 말했다.

앨리스는 끔찍하게 혼란스러웠다. 모자쟁이의 대꾸에는 아무런 의미가 없는 것 같았는데, 그럼에도 영어임은 확실했다. “잘 이해를 못하겠어요.” 앨리스는 가능한 한 공손히 말했다.

“겨울잠쥐가 도로 잠들었군.” 모자쟁이는 말하고, 콧등에 뜨거운 차를 조금 부었다.

겨울잠쥐는 성마르게 고개를 흔들더니 눈도 뜨지 않고 말했다. "그래, 그렇고 말고. 나도 바로 그렇게 말하려던 참이었어."

"수수께끼 답은 떠올랐어?" 모자쟁이가 다시 앨리스를 보고 물었다.

"아뇨, 포기할래요." 앨리스는 답했다. "답이 뭐예요?"

"난 아예 감도 안 와." 모자쟁이가 말했다.

"나도." 3월 토끼가 말했다.

앨리스는 맥이 빠져 한숨을 쉬었다. "답도 없는 수수께끼 문제를 내며 시간을 낭비하느니 보다 시간을 유익하게 쓰는 게 나을 텐데요."

"네가 나만큼 시간을 잘 안다면," 모자쟁이가 말했다. "낭비한다느니 하는 말은 못할걸. 시간도 인격이 있거든."

"무슨 말인지 모르겠어요." 앨리스가 말했다.

"당연히 모를 테지!" 모자쟁이가 업신여기듯 고개를 휙 쳐들며 말했다. "시간과 얘기를 나눠본 적도 없겠지!"

"그럴걸요." 앨리스는 조심스레 대답했다. "하지만 음악을 배울 때 시간 맞춰 박자를 헤아려야 한다는 건 알아요."

"아! 그러니까 그렇지." 모자쟁이가 말했다. "시간은 맞는 걸* 참고 있지 않을걸. 그런데 사이좋게 지내기만 하면 시간은 얼마든지 너 좋을 대로 시계를 가게 해줄 거야. 예를 들어, 지금이 아침 아홉시, 막 수업을 시작할 시간이라고 하자. 네가 시간에게 귀띔만 해주면, 시계가 눈 깜짝할 사이에 돌아서, 짠! 한시 반, 점심식사 시간이 되는 거지!"

("지금이 그때였으면 좋겠다." 3월 토끼가 작게 혼자 중얼거렸다.)

---

* 모자쟁이는 '박자를 맞추다'라는 뜻의 'beat time'을 글자 그대로 '시간을 때리다'라고 받아들인다.

"확실히 그건 굉장하겠어요." 앨리스가 생각에 잠겨 말했다. "하지만 그러면—그때는 배고프지 않을 텐데요."

"처음에는 아마 그렇겠지." 모자쟁이가 말했다. "하지만 네 마음껏 한 시 반에 머물러 있을 수 있을 거야."

"그쪽은 그런 식으로 지내시는 거예요?" 앨리스가 물었다.

모자쟁이는 애통하게 고개를 저었다. "난 그렇게 못해!" 그는 대답했다. "우린 지난 3월에 다퉜거든—얘가 미치기 직전이었지—"(찻숟가락으로 3월 토끼를 가리켰다) "—하트의 여왕님이 주최한 대규모 음악회에서였는데, 내가 부른 노래는

반짝반짝 작은 박쥐!
무얼 하고 있을까!*

이거였어. 혹시 너도 이 노래 아니?"

"비슷한 노래를 들어봤어요." 앨리스가 말했다.

"다음 구절은 이렇게 가는 거잖아." 모자쟁이가 노래를 계속했다.

동쪽 서쪽 하늘에
찻쟁반같이 나네
반짝반짝—

* 동요 〈작은 별〉로 잘 알려진 제인 테일러의 시를 패러디한 것이다.

이 대목에서 겨울잠쥐가 몸을 부르르 떨더니, 자면서 "반짝반짝, 반짝반짝—" 하고 노래를 부르기 시작해 그칠 줄 모르고 계속했기 때문에 겨울잠쥐를 꼬집어 입을 다물게 해야 했다.

"그런데 내가 1절도 채 다 부르기 전에," 모자쟁이는 말했다. "여왕님이 벌떡 일어나서 호통을 치시는 거야. '저자는 시간을 작살내고 있다! 저놈의 머리를 쳐라!'"

"어쩜, 잔인하기도 해라!" 앨리스는 부르짖었다.

"그 이후로 줄곧," 모자쟁이는 애통한 어조로 말을 계속했다. "시간은 내가 부탁하는 걸 하나도 들어주지 않아! 지금은 언제나 여섯시야."

앨리스의 머릿속이 환히 밝아졌다. "그래서 차도구가 이렇게 많이 나와 있는 거로군요?" 앨리스는 물었다.

"그래, 그렇단다." 모자쟁이가 한숨지으며 말했다. "언제나 차 마실 시간이고, 우린 틈틈이 설거지할 시간도 없어."

"그러면 테이블을 돌며 자리를 계속 옮겨야겠군요?" 앨리스가 말했다.

"바로 그거야," 모자쟁이가 말했다. "자리에 있는 걸 다 사용하고 나면."

"그렇지만 맨 처음 자리에 다시 오게 되면 어떻게 되는데요?" 앨리스는 물어보았다.

"다른 얘기 하자." 3월 토끼가 하품하며 끼어들었다. "이 얘기는 지겨워. 네가 우리한테 얘기를 해주면 좋겠어."

"아는 이야기가 없는걸요." 앨리스는 이 제안에 좀 당황해서 말했다.

"그럼 겨울잠쥐가 하라고 하자!" 둘이 같이 외쳤다. "일어나, 겨울잠쥐!" 그리고 둘은 겨울잠쥐의 양쪽 옆구리를 동시에 꼬집었다.

겨울잠쥐는 느릿느릿 눈을 떴다. "나 안 잤어." 힘없고 쉰 목소리였다. "너희들이 하는 얘기 하나도 빠뜨리지 않고 들었어."

"이야기를 들려줘!" 3월 토끼가 말했다.

"그래요, 들려줘요!" 앨리스가 간청했다.

"빨리 하는 게 좋을 거야." 모자쟁이가 거들었다. "안 그러면 넌 끝나기 전에 도로 잠들 테니까."

"옛날 옛적에 어린 세 자매가 살았어." 겨울잠쥐는 허둥지둥 이야기를 시작했다. "이름은 엘시, 레이시, 틸리였지.* 세 자매는 우물 밑바닥에 살았는데—"

---

* 이야기 속의 세 자매는 리들가의 세 자매를 가리킨다. 엘시Elsie는 로리나 샬럿Lorina Charlotte의 앞글자를 딴 L. C., 레이시Lacie는 앨리스Alice의 철자를 바꾼 것, 틸리Tillie는 이디스가 집에서 불리던 머틸더라는 별칭의 애칭이다.

"뭘 먹고 살았어요?" 먹고 마시는 문제에 언제나 대단히 관심이 많던 앨리스가 물었다.

"당밀을 먹고 살았지." 겨울잠쥐가 일이 분 생각한 끝에 말했다.

"그랬을 리는 없어요." 앨리스가 부드럽게 지적했다. "그랬다간 탈이 났을걸요."

"그랬단다." 겨울잠쥐가 말했다. "심하게 탈이 났지."

앨리스는 그토록 기상천외한 방식으로 살아가는 건 어떨지 상상해 보려 했지만 너무 알쏭달쏭했기에 질문을 계속했다. "하지만 왜 우물 바닥에 살았죠?"

"차를 좀더 들어." 3월 토끼가 매우 열심히 권했다.

"아직 아무것도 안 먹었는데요." 앨리스는 언짢은 투로 대꾸했다. "그러니 더 먹을 수는 없어요."

"덜 먹을 수 없다는 뜻이겠지." 모자쟁이가 말했다. "아무것도 안 먹은 것보다 더 먹는 건 아주 쉬워."

"댁의 의견을 물은 적 없거든요." 앨리스는 말했다.

"지금 사람을 눈앞에 두고 지적하는 분이 누구시더라?" 모자쟁이가 의기양양하게 말했다.

여기엔 딱히 대꾸할 말이 생각나지 않았다. 그래서 앨리스는 차와 버터 바른 빵을 약간 먹고 겨울잠쥐 쪽을 보며 질문을 되풀이했다. "왜 우물 바닥에서 살았는데요?"

겨울잠쥐는 이번에도 일이 분 정도 생각하더니 말했다. "당밀 우물이었거든."

"그런 게 어딨어요!" 앨리스는 발끈해서 말을 시작했지만, 모자쟁이와 3월 토끼가 "쉿! 쉿!"거렸고 겨울잠쥐는 뾰로통하게 받아쳤다. "예의를 지키지 못하겠다면, 네가 직접 이야기를 끝내지 그러니."

"아니요, 부디 계속해줘요!" 앨리스는 아주 고분고분하게 말했다. "다시는 말을 끊지 않을게요. 당밀 우물이 하나쯤은 있겠죠."

"하나라고!" 겨울잠쥐는 분개한 듯 말했다. 하지만 이내 마음을 돌려 이야기를 계속했다. "그래서 이 어린 세 자매는 뜨는 법을 배우고 있었는데—"*

"뭘 떴는데요?" 앨리스는 어느새 약속을 잊고 물었다.

"당밀이지." 겨울잠쥐가 이번에는 즉시 대답했다.

"깨끗한 컵이 필요해." 모자장이가 끼어들었다. "다들 한 자리씩 옮기자."

그는 말하면서 자리를 옮겼고, 겨울잠쥐가 뒤따랐다. 3월 토끼가 겨울잠쥐의 자리로 옮기고, 앨리스는 내키지 않지만 3월 토끼의 자리에 앉았다. 자리를 바꿔서 이익을 본 것은 모자장이뿐이었다. 앨리스는 전보다 훨씬 나빠졌는데, 3월 토끼가 방금 자기 접시에 우유 주전자를 엎질렀기 때문이다.

겨울잠쥐의 비위를 또 거스르고 싶지 않았으므로 앨리스는 아주 조심스레 말을 꺼냈다. "그렇지만 이해가 안 가요. 세 자매는 어디서 당밀을 떴는데요?"

"우물에서 물을 뜰 수 있잖아." 모자장이가 말했다. "그러니까 당밀 우물에서는 당밀을 뜰 수 있겠지, 안 그래, 멍청아?"

---

* 원문은 동사 'draw'의 '그리다, 끌어내다'라는 다중적 의미를 이용한 말장난이다.

"하지만 우물 안에 있었다면서요." 앨리스는 이 마지막 말에 애써 신경쓰지 않으며 겨울잠쥐에게 말했다.

"물론 그랬지." 겨울잠쥐가 말했다. "우물 깊이."

이 대답에 가엾은 앨리스는 너무 혼란스러워서 얼마 동안 겨울잠쥐를 방해하지 않고 이야기를 계속하게 두었다.

"그들은 뜨는 법을 배우고 있었어." 겨울잠쥐는 이야기하며, 잠이 몹시 쏟아져서 하품하며 눈을 비볐다. "그리고 온갖 걸 떴지—ㄷ으로 시작하는 것은 뭐든—"

"왜 ㄷ인데요?" 앨리스가 물었다.

"왜 안 되는데?" 3월 토끼가 말했다.

앨리스는 입을 다물었다.

겨울잠쥐는 그 무렵 눈을 감고 꾸벅꾸벅 졸고 있었다. 그러나 모자쟁이에게 꼬집히자 작은 비명을 지르며 깨어나 이야기를 계속했다. "—ㄷ으로 시작하는 것들, 덫, 달, 돌이킴, 대충—무엇이 '대충 비슷하다'라고들 하잖아—대충을 뜬 거 본 적 있니?"*

"글쎄, 그러고 보니," 앨리스는 몹시 당황해서 말했다. "없는 것 같—"

"그럼 입다물고 있어." 모자쟁이가 말했다.

이 무례한 말은 앨리스가 견딜 수 있는 선을 넘어섰다. 앨리스는 치를 떨며 일어나 자리를 떴다. 겨울잠쥐는 곧바로 잠이 들었고, 앨리스는 내심 자기를 불러주지 않을까 싶어 한두 번 뒤돌아보았지만, 나머지

---

* 원문은 M으로 시작하는 것들(mouse-traps, moon, memory, much of muchness)이다. 'much of muchness'는 '비슷비슷한 것들'을 뜻하는 표현이며, 'muchness'라는 단어는 현재 이 표현을 제외하고 단독으로는 거의 쓰이지 않는다.

둘은 앨리스가 가든 말든 신경도 쓰지 않았다. 마지막으로 돌아보았을 때 둘은 겨울잠쥐를 찻주전자에 넣으려 하고 있었다.

"어쨌든 다시는 저기 안 갈 거야!" 앨리스는 숲을 헤치고 나아가며 말했다. "내가 살면서 가본 데 중에 제일 멍청한 티 파티였어!"

바로 그렇게 말한 순간, 앨리스는 나무 한 그루에 그 속으로 이어지는 문이 달린 것을 보았다. '정말 신기하다!' 앨리스는 생각했다. '하지만 오늘은 모든 게 신기하니까. 당장 들어가보는 게 좋겠어.' 그리고 앨리스는 들어갔다.

다시금 앨리스는 긴 홀에, 작은 유리 테이블 근처에 와 있었다. "자, 이번에는 잘해야지." 앨리스는 중얼거리고, 우선 작은 황금 열쇠를 집은 다음 정원으로 통하는 문을 열었다. 그러고 나서 버섯을 갉아먹기 시작해 (주머니에 버섯조각을 넣어두었었다) 1피트 정도로 작아졌다.

그런 후 작은 통로를 걸어갔다. 그리고 드디어 앨리스는 아름다운 정원에, 화사한 꽃밭과 시원한 분수들 사이에 오게 되었다.

8장

# 여왕의 크로케 경기장

정원 입구 근처에 큰 장미나무가 서 있었다. 거기에 핀 장미들은 흰색이었는데, 정원사 세 명이 달라붙어 흰 장미를 빨갛게 칠하느라 분주했다. 앨리스는 참 이상한 일이라 생각하고 구경하려 다가갔는데, 가까이 갔을 때 정원사 한 명의 말소리가 들렸다. "좀 조심해, 5번! 나한테 온통 페인트를 튀겼잖아!"

"내 탓이 아니야." 5번이 부루퉁하게 말했다. "7번이 내 팔꿈치를 쳤다고."

그 말에 7번이 올려다보며 말했다. "그래, 잘한다, 5번! 언제나 남 탓을 하지!"

"넌 가만있는 게 좋을걸!" 5번이 말했다. "여왕님이 바로 어제 넌 목이 잘려도 싸다고 하시는 걸 들었다고!"

"무슨 죄로?" 처음 말했던 정원사가 물었다.

"네가 상관할 일이 아니야, 2번!" 7번이 말했다.

"아니야, 얘도 상관있어!" 5번이 말했다. "내가 말해주지—요리사에게 양파가 아닌 튤립 구근을 가져갔기 때문이야."

7번은 붓을 내팽개치고, "숱하게 많은 부당한 일 중에서도—"라고 입을 열었는데, 마침 서서 구경하고 있던 앨리스와 우연히 눈이 마주치자 황급히 몸가짐을 바로잡았다. 다른 정원사들도 돌아보았고, 셋 모두 깊이 숙여 절했다.

"얘기 좀 해주세요." 앨리스는 좀 수줍게 말했다. "왜 장미에 색칠을 하시는 거예요?"

5번과 7번은 아무 말 없이 2번을 바라보았다. 2번이 낮은 소리로 말했다. "왜 그런가 하면, 여기 이 나무는 원래 **빨간** 장미나무여야 하는데, 우리가 실수로 흰 장미나무를 심었거든요. 여왕님이 알아채시면 우린 모두 목이 날아가요. 그래서 보다시피, 우린 여왕님이 오시기 전에, 어떻게든—" 그 순간 걱정스레 정원 저편을 내다보고 있던 5번이 "여왕님이다! 여왕님이다!"라고 외쳤고, 세 정원사는 순식간에 바닥에 납작 엎드렸다. 수많은 발소리가 들리고, 앨리스는 여왕을 보고 싶은 마음에 목을 빼고 돌아보았다.

제일 먼저 곤봉을 든 병사 열 명이 왔다. 그들은 모두 세 정원사와 똑같이 납작한 직사각형 모양에, 네 귀퉁이에 손발이 달려 있었다. 다음은 궁정 신하 열 명이었다. 이들은 온통 다이아몬드 장식을 하고, 병사들처럼 둘씩 짝지어 걸어왔다. 그 뒤는 왕실 자녀들이었다. 열 명의 어린아이는 손을 잡고 명랑하게 폴짝거리며 지나갔다. 다음은 손님들로, 대부분 왕과 여왕이었고, 앨리스는 그 틈에 흰토끼가 있음을 알아챘다. 토끼는 성급하고 초조하게 이야기하며, 무슨 말이 나오든 미소를 지으면서 앨리스를 알아보지 못하고 지나쳤다. 뒤이어 하트의 잭들이 진홍색 벨벳 쿠션에 왕관을 받쳐들고 지나갔다. 그리고 이 웅장한 행렬의 마지막에 **하트의 왕과 여왕**이 왔다.

앨리스는 자기도 세 정원사처럼 바닥에 납작 엎드려야 하는 게 아닌가 생각했지만, 행렬이 지나갈 때 그래야 한다는 법은 한 번도 들은 적이 없었다. '게다가 사람들이 전부 고개를 조아리고 있어서 보지 못한다면' 앨리스는 생각했다. '행렬이 다 무슨 소용이람?' 그래서 앨리스는 자리에 그대로 서서 기다렸다.

행렬이 앨리스 맞은편에 도달하자 다들 멈춰 서서 앨리스를 쳐다보았고 여왕이 엄하게 물었다. "이건 누구냐?" 질문을 받은 것은 하트의 잭이었는데, 그는 꾸벅 절하고 미소를 지었을 뿐이었다.

"멍청한 것!" 여왕은 못 참겠다는 듯 고개를 홱 치켜들더니, 앨리스 쪽을 보고 말했다. "아이야, 이름이 뭐지?"

"제 이름은 앨리스입니다, 폐하." 앨리스는 아주 공손하게 말했다. 하지만 속으로는 생각했다. '기껏해야 카드 한 벌일 뿐이잖아. 무서워할 것 없어!'

"저들은 누구냐?" 여왕은 장미나무 둘레에 엎드린 세 정원사를 가리키며 물었다. 그들은 머리를 조아리고 있었고, 등 쪽의 무늬는 다른 카드들과 똑같아서 여왕은 그들이 정원사인지, 병사인지, 궁정 신하인지, 자기 아이들인지 알 방도가 없었기 때문이다.

"제가 어떻게 알겠어요?" 앨리스는 말하고도 스스로의 대담함에 놀랐다. "저랑 상관없는 일인데요."

여왕은 분노로 얼굴이 시뻘게졌고, 잠시 맹수처럼 앨리스를 노려보더니 외쳤다. "저것의 목을 쳐라! 목을—"

"말도 안 되는 소리!" 앨리스는 단호하게 아주 큰 소리로 외쳤고, 여왕은 조용해졌다.

왕이 여왕의 팔에 손을 얹고 소심하게 말했다. "참아요, 여보. 어린애일 뿐이잖아요!"

여왕은 골이 나서 고개를 홱 돌리고는 잭에게 말했다. "저놈들을 뒤집어라!"

잭은 분부를 따라, 매우 조심스럽게 한 발로 그들을 뒤집었다.

"일어서!" 여왕은 날카롭고 쩌렁쩌렁한 소리로 말했고 세 정원사는 벌떡 일어나 왕, 여왕, 왕실 아이들, 그 밖에 상대를 가리지 않고 굽신거리기 시작했다.

"그만둬라!" 여왕이 고함쳤다. "너희들 때문에 어지럽다." 그러고 나서 여왕은 장미나무 쪽을 보며 말을 이었다. "여기서 무엇들 하고 있었지?"

"여왕 폐하께 말씀 올립니다." 2번이 한쪽 무릎을 꿇으며 저자세로 말했다. "저희는—"

"내 알 만하군!" 장미를 살펴보고 있던 여왕이 말했다. "저들의 목을 쳐라!" 그리고 행렬은 다시 나아갔고, 불운한 정원사들을 처형하기 위해 병사 세 명이 남았으며, 정원사들은 구해달라고 앨리스에게 달려왔다.

"목이 잘리게 할 순 없지!" 앨리스는 말하고 그들을 근처의 커다란 화분에 넣었다. 세 병사는 일이 분간 이리저리 그들을 찾다가 조용히 다른 이들을 뒤따라갔다.

"목을 베었느냐?" 여왕이 고함쳤다.

"놈들의 목은 달아났습니다, 폐하!" 병사들이 대답했다.

"잘했다!" 여왕은 외쳤다. "크로케 할 줄 아느냐?"

병사들은 입을 다물고 앨리스를 보았다. 앨리스에게 하는 질문이 분명했기 때문이다.

"네!" 앨리스는 소리쳤다.

"그럼 같이 가자!" 여왕이 호령했고, 앨리스는 행렬에 끼어 다음엔 무슨 일이 일어날지 몹시 궁금해하며 따라갔다.

"날씨가—날씨가 참 화창하지!" 곁에서 쭈뼛대는 목소리가 말했다. 앨리스는 흰토끼와 나란히 걷고 있었고, 토끼는 걱정스레 앨리스의 얼굴을 힐끗거렸다.

"정말 그래." 앨리스가 말했다. "—공작부인은 어디 있니?"

"쉿! 조용히 해!" 토끼가 황급히 소리 죽여 말했다. 말하면서 불안하게 어깨 너머를 뒤돌아보더니, 까치발을 딛고 앨리스의 귀에 입을 바싹 대고 소곤거렸다. "그분은 사형선고를 받았어."

"어쩌다?" 앨리스가 말했다.

"'어쩌나!'라고 했니?" 토끼가 물었다.

"아니, 안 그랬어." 앨리스가 말했다. "전혀 안됐다고 여기지 않아. 난 '어쩌다?'라고 했어."

"여왕님의 따귀를 때렸거든—" 토끼가 말했다. 앨리스는 짧게 웃음을 터뜨렸다. "쉿, 조용히 해!" 토끼가 겁먹은 기색으로 속삭였다. "여왕님이 듣겠어! 그게 말이지, 공작부인이 좀 늦게 왔거든, 그래서 여왕님이—"

"각자 자기 위치로!" 여왕이 우레와 같이 외쳤고, 사람들은 서로 부딪치고 뒹굴며 사방으로 달려가기 시작했다. 그러나 일이 분 후에는 다들 자리를 잡아, 경기가 시작되었다.

앨리스는 살면서 그렇게 기묘한 크로케 경기장은 처음 봤다고 생각했다. 온통 기복이 심한 이랑과 고랑이었다. 공은 살아 있는 고슴도치고, 공을 치는 망치는 살아 있는 홍학이었으며, 병사들이 몸을 구부리고 손발을 짚은 자세로 아치문을 만들었다.

앨리스가 처음 맞닥뜨린 어려움은 홍학을 다루는 법이었다. 홍학을 다리를 늘어뜨린 채로 몸통을 그럭저럭 편안하게 겨드랑이에 끼우는 데까지는 해냈지만, 홍학의 목을 제대로 쭉 뽑아 머리로 고슴도치를 치려고 할 때면 고개를 꼬고 너무나 어리둥절한 표정으로 앨리스를 올려보곤 했던지라 앨리스는 웃음을 터뜨리고 말았다. 그리고 홍학의 머리를 내리고 다시 해볼라치면 고슴도치가 둥글게 말았던 몸을 풀고 기어가고 있어서 무척 성가셨다. 이에 더해 앨리스가 고슴도치를 보내고 싶은 곳마다 대개 이랑이나 고랑이 있었고, 몸을 굽히고 있던 병사들은

툭하면 일어서서 경기장 다른 곳으로 가버렸기 때문에, 곧 앨리스는 정말 어려운 경기라는 결론을 내렸다.

참가자들은 차례를 기다리지도 않고 모두 한꺼번에 경기하며, 시종일관 다투고 고슴도치를 두고 싸웠다. 얼마 지나지 않아 여왕은 격분했고 쿵쿵거리며 돌아다니면서 일 분에 한 번꼴로 "저놈의 목을 쳐라!"나 "저 계집의 목을 쳐라!"라고 외쳤다.

앨리스는 몹시 불안해지기 시작했다. 사실 지금까지는 한 번도 여왕과 말썽을 빚은 적 없지만, 언제고 일어날 일이라는 걸 알았고, '그렇게 되면,' 앨리스는 생각했다. '난 어떻게 되는 거지? 여기선 사람 목 자르는 걸 엄청나게 좋아하네. 살아남은 사람이 있다는 게 제일 놀라워!'

어떻게든 달아날 방도를 찾으며 눈에 띄지 않고 빠져나갈 수 있을까 궁리하던 차에 앨리스는 허공에 이상한 것이 나타나고 있음을 눈치챘다. 처음에는 어안이 벙벙했지만 일이 분 정도 보고 있자니 그것이 웃음임을 알 수 있었고, 앨리스는 혼잣말했다. "체셔 고양이구나. 이제 말동무가 생겼네."

"잘 있었니?" 입이 나타나 말할 수 있게 되자마자 고양이가 말했다.

앨리스는 눈이 나타날 때까지 기다렸다가 고개를 끄덕였다. '말을 걸어봐야 소용없어.' 앨리스는 생각했다. '양쪽 귀가, 아니면 한쪽이라도 나타날 때까지는.' 머지않아 머리 전체가 나타났고, 앨리스는 홍학을 내려놓고, 얘기를 들어줄 상대가 생긴 것이 몹시 기뻐서 경기 이야기를 늘어놓기 시작했다. 고양이는 충분히 모습을 드러냈다고 생각했는지 머리 이상은 나타나지 않았다.

"경기가 전혀 공평하지 않아." 앨리스는 불평 섞인 어조로 말했다. "다들 서로 끔찍하게 싸워대서 자기 목소리도 안 들릴 지경이야—또 정해진 규칙도 없는 것 같아. 아무튼 있더라도 아무도 지키지 않아—게다가 모든 게 살아 있어서 얼마나 혼란스러운지 몰라. 예를 들어, 내가 다음에 공을 넣어야 하는 저 아치문은 경기장 저쪽 끝에서 어슬렁거리고 있잖아—그리고 방금 내 고슴도치로 여왕의 고슴도치를 칠 수 있었는데, 내 고슴도치가 오는 걸 보고 달아났지 뭐야!"

"여왕은 어때, 마음에 드니?" 고양이가 낮은 소리로 물었다.

"전혀." 앨리스가 말했다. "여왕은 정말 너무—" 바로 그때 앨리스는 여왕이 바로 뒤에서 귀기울이고 있음을 알아챘다. "—뛰어나서 이길 게 뻔하니까, 경기를 끝까지 할 필요도 없어."

여왕은 미소를 짓고 지나갔다.

"누구와 이야기하고 있느냐?" 왕이 앨리스에게 다가오며, 호기심 가득한 표정으로 고양이의 머리를 쳐다보았다.

"제 친구 체셔 고양이예요." 앨리스가 말했다. "소개해드리지요."

"생김새가 마음에 들지 않는구나." 왕이 말했다. "그래도 원한다면 내 손에 입맞춰도 좋다."

"그러고 싶지 않은데요." 고양이가 대꾸했다.

"무례하게 굴지 마라." 왕이 말했다. "나를 그렇게 쳐다보지도 말고!" 왕은 말하면서 앨리스 뒤로 숨었다.

"고양이도 왕을 바라볼 수 있대요."* 앨리스가 말했다. "어떤 책에서 읽었어요. 어떤 책인지는 기억나지 않지만."

"흠, 없애도록 해야겠다." 왕은 매우 단호하게 말하고는 마침 지나가던 여왕을 불렀다. "여보! 이 고양이를 없애주어요!"

크든 작든 여왕이 골치 아픈 일을 해결하는 방법은 단 하나뿐이었다. "저것의 머리를 베어라!" 여왕은 돌아보지도 않고 말했다.

"내 손수 사형집행인을 불러오리다." 왕은 신이 나서 말하고 서둘러 떠났다.

앨리스는 돌아가서 경기가 어떻게 진행되는지 보는 게 좋겠다고 생각했다. 멀리서 펄펄 뛰며 고함치는 여왕의 목소리가 들렸기 때문이다. 이미 여왕이 제 차례를 놓쳤다고 세 명에게나 사형선고를 내리는 소리를 들었고, 경기가 너무 엉망진창이라 자기 차례인지 아닌지 알 길이 없었으므로 상황이 좋지 않아 보였다. 그래서 앨리스는 제 고슴도치를

---

* 영국의 속담으로, 지위가 낮은 이에게도 최소한의 권리가 있음을 뜻한다.

찾으러 갔다.

고슴도치는 다른 고슴도치와 싸움을 벌이고 있었는데, 앨리스는 고슴도치 하나로 다른 고슴도치를 치기에 딱 좋은 기회라고 여겼다. 유일한 문제점은 앨리스의 홍학이 정원 반대편으로 가버렸다는 것이었고, 앨리스가 보니 홍학은 형편없는 솜씨로 나무에 날아오르려고 애쓰고 있었다.

앨리스가 홍학을 잡아 데려왔을 즈음, 싸움은 끝나고 고슴도치 두 마리 다 온데간데없었다. '어차피 상관없어.' 앨리스는 생각했다. '경기장 이쪽에 있던 아치문들은 전부 가버렸으니까.' 그래서 앨리스는 홍학이 다시 달아나지 못하게 겨드랑이 밑에 끼우고, 친구와 좀더 대화를 나누러 갔다.

체셔 고양이가 있는 데로 돌아온 앨리스는 상당한 군중이 주변을 에워싼 것을 보고 놀랐다. 사형집행인, 왕, 여왕 사이에 분쟁이 일어나 셋 다 한꺼번에 말하고 있었고, 다른 사람들은 모두 조용했으며 매우 불안해 보였다.

앨리스가 나타난 순간, 셋은 앞다투어 문제를 해결해달라며 저마다의 주장을 되풀이했는데, 셋 다 한꺼번에 말했으므로 앨리스는 정확히 무슨 말인지 알아듣기가 매우 힘들었다.

사형집행인의 주장은, 머리가 몸통에 붙어 있지 않고서야 머리를 벨 수는 없으며, 살면서 그런 일은 지금껏 한 번도 해본 적 없고 이제 와서 처음 해볼 마음도 없다는 것이었다.

왕의 주장은, 머리가 있는 것은 무엇이든 머리를 벨 수 있으며, 말도 안 되는 소리 하지 말라는 것이었다.

여왕의 주장은, 빨리 어떻게든 하지 않으면 그 자리에 있는 모두를 처형하겠다는 것이었다. (모여든 사람 전부 심각하고 근심어린 표정을 하고 있던 것은 이 마지막 말 때문이었다.)

앨리스가 할 수 있는 말은 이것뿐이었다. "이 고양이는 공작부인의 고양이니까, 그분에게 물어보는 게 좋겠어요."

"공작부인은 감옥에 있다." 여왕이 사형집행인에게 말했다. "이리로 데려오라." 그리고 사형집행인은 쏜살같이 떠났다.

사형집행인이 떠난 순간 고양이의 머리는 희미해지기 시작해 그가 공작부인을 데려왔을 무렵에는 완전히 사라졌다. 그래서 왕과 사형집행인은 고양이를 찾아 동분서주했고, 나머지 일동은 다시 경기를 시작했다.

9장

# 모조 거북의 이야기

"널 다시 봐서 얼마나 반가운지 모를 게다, 귀여운 옛친구야!" 공작부인은 정답게 앨리스의 팔짱을 끼며 말했고 둘은 함께 걸어갔다.

앨리스는 공작부인이 무척 기분좋은 상태라 반가웠고, 부엌에서 만났을 때 공작부인이 그렇게 사나웠던 건 후추 때문이었을 거라 생각했다.

"내가 공작부인이라면," 앨리스는 혼잣말했다(별로 기대에 찬 어조는 아니었다). "내 집 부엌에 후추 따위는 아예 두지 않을 거야. 수프는 후추가 없어도 괜찮고—어쩌면 사람 성미를 발끈하게 하는 건 후추일지 모르지." 앨리스는 새로운 규칙을 발견한 것이 매우 뿌듯해 계속했다. "식초는 사람을 시큰둥하게 하고—캐모마일은 불쾌하게 하고—또—또 보리엿 같은 것들은 아이들을 순하게 하지. 사람들이 그

점을 알면 참 좋을 텐데. 그러면 단것을 줄 때 그렇게 인색하지 않을 테니까—"

이쯤에서 앨리스는 공작부인을 거의 잊고 있어서, 귓전에서 목소리가 들렸을 때 조금 놀랐다. "뭔가 생각하고 있구나, 얘야, 그래서 말이 없는 게지. 여기서 얻을 수 있는 교훈이 뭔지 지금 당장은 얘기해줄 수 없지만, 곧 생각날 거다."

"없을지도 모르죠." 앨리스는 대담하게 대꾸했다.

"쯧쯧, 얘야!" 공작부인이 말했다. "모든 것엔 교훈이 있단다, 찾아낼 수만 있다면." 그리고 공작부인은 말하면서 앨리스에게 바싹 달라붙었다.

앨리스는 공작부인 옆에 그렇게 붙어 있는 게 그리 달갑지 않았다. 첫째로는 공작부인이 매우 못생겼기 때문이었다. 둘째로 공작부인의 키는 앨리스의 어깨에 턱을 괴기에 딱 알맞았고, 턱이 뾰족해서 불편했다. 하지만 앨리스는 무례하게 굴고 싶지 않아 될 수 있는 대로 참았다.

"경기가 이제는 제법 잘 돌아가는 것 같네요." 앨리스는 대화를 이어가기 위해 말했다.

"그렇단다." 공작부인은 말했다. "그리고 그 교훈은 이렇지. '오, 사랑, 사랑, 그것이야말로 세상을 돌아가게 하는 것이니라!'"

"누가 그랬는데," 앨리스는 속삭였다. "세상이 돌아가는 건 다들 자기 일에나 신경쓰기 때문이라던데요!"

"아, 그래! 거의 비슷한 뜻이란다." 공작부인은 작고 뾰족한 턱을 앨리스의 어깨에 푹 파묻으며 덧붙였다. "그리고 그 교훈은—'의미를 챙기면 소리는 알아서 따라온다'*는 거지."

'매사에 교훈 찾기를 엄청 좋아하는군!' 앨리스는 속으로 생각했다.

"내가 왜 네 허리에 팔을 두르지 않는지 궁금해하고 있겠지." 공작부인은 잠시 사이를 두었다가 말했다. "그건 네 홍학의 성질이 어떨지 알 수 없어서야. 시험삼아 해볼까?"

"물지도 몰라요." 그 시험을 굳이 부추기고 싶지 않았던 앨리스는 조심스레 대답했다.

---

* 원문은 "Take care of the sense, and the sounds will take care of themselves로, Take care of the pence, and the pounds will take care of themselves(잔돈에 신경쓰면 큰돈은 알아서 모인다)"는 영국 속담을 운율 맞춰 패러디한 것이다.

"정말 그렇단다." 공작부인이 말했다. "홍학이나 겨자나 건드렸다간 매운맛을 보게 되지. 그리고 그 교훈은—'깃털이 같은 새끼리 모인다'는 거야."

"하지만 겨자는 새가 아닌걸요." 앨리스가 대꾸했다.

"이번에도 네 말이 맞아." 공작부인이 말했다. "어쩜 그렇게 말을 똑 부러지게 하니!"

"겨자는 광물일 거예요." 앨리스는 말했다.

"물론 그렇지." 공작부인은 앨리스가 무슨 말을 하든 맞장구칠 기세였다. "이 근처에 커다란 겨자광이 있단다. 그리고 그 교훈은—'내 집 광에 든 것이 많을수록 네 집 광에 든 것은 적어진다'지."

"아, 알겠어요!" 공작부인의 마지막 말에 귀기울이지 않고 있던 앨리스는 외쳤다. "겨자는 식물이에요. 그렇게 생기지는 않았지만 식물이 맞아요."

"내 생각도 그렇단다." 공작부인이 말했다. "그리고 그 교훈은—'네가 보이는 모습대로가 되어라'야—더 쉽게 표현하자면—'결코 너 자신이 남들에게 보일 모습과 다르지 않다고 여기지 말아라, 네가 그랬던 혹은 그랬을 법한 모습은 그렇지 않았다면 네가 남들의 눈에 비쳤을 모습과 다르지 않다.'"

"그 말씀을 제대로 이해하려면," 앨리스는 아주 예의바르게 말했다. "글로 써놨어야 할 것 같아요. 말로 하시니까 잘 알아듣기가 어렵네요."

"마음만 먹으면 그건 아무것도 아닐 정도로 굉장하게 말할 수도 있지." 공작부인은 흐뭇한 듯 말했다.

"부디 그보다 더 길게 말하는 수고는 하지 마세요." 앨리스가 말했다.

“오, 수고가 다 뭐냐!” 공작부인이 말했다. “내가 지금까지 말한 것을 전부 네게 선물로 주마.”

‘돈 안 드는 선물이군!’ 앨리스는 생각했다. ‘사람들이 생일 선물로 그런 걸 주지 않아서 다행이야!’ 하지만 차마 입 밖에 내지는 못했다.

“또 생각중이구나?” 공작부인은 뾰족하고 작은 턱을 한층 깊이 파묻으며 물었다.

“저도 생각할 권리가 있거든요.” 조금 성가셔지기 시작한 앨리스는 날카롭게 말했다.

“돼지에게 하늘을 날 권리가 있는 만큼이지.” 공작부인이 말했다. “그리고 그 교—”

하지만 여기서 공작부인의 목소리는 그렇게 좋아하는 ‘교훈’이라는 말을 하던 도중에 기어들어갔고, 앨리스와 팔짱 낀 팔은 떨리기 시작해, 앨리스는 몹시 놀랐다. 눈길을 드니 그들 앞에는 여왕이 팔짱을 끼고 폭풍우처럼 찌푸린 낯으로 서 있었다.

“화창한 날입니다, 여왕 폐하!” 공작부인이 작고 가냘픈 소리로 말했다.

“미리 경고하겠는데,” 여왕이 발을 쿵쿵 구르며 고함쳤다. “그대든 그대 머리든 둘 중 하나는 사라져야 한다, 그것도 지금 당장! 선택하라!”

공작부인은 선택했고, 즉시 사라졌다.

“경기를 계속하자꾸나.” 여왕은 앨리스에게 말했다. 앨리스는 너무 무서워서 한마디도 하지 못하고 천천히 여왕을 따라 크로케 경기장으로 돌아갔다.

다른 손님들은 여왕이 자리를 비운 틈을 타 그늘에서 쉬고 있었다.

그러나 여왕을 보자마자 그들은 허둥지둥 경기를 계속했다. 여왕은 한 순간이라도 경기가 지체되면 목숨을 내놓아야 할 거라고 경고했다.

경기 내내 여왕은 다른 참가자들과 다툼을 그치지 않았고, "저놈의 목을 쳐라!"나 "저 계집의 목을 쳐라!"라고 외쳐댔다. 선고를 받은 이들은 병사들에게 구금되었고, 그러려면 당연히 병사들은 아치문 노릇을 그만두어야 했으므로, 삼십 분 정도가 지나자 아치문은 하나도 남지 않고 왕과 여왕과 앨리스를 제외한 모든 선수는 사형선고를 받고 구금되었다.

그러자 여왕은 숨을 헐떡이며 경기를 멈추고 앨리스에게 말했다. "모조 거북을 본 적 있느냐?"

"아뇨." 앨리스는 말했다. "모조 거북이 뭔지도 모르는걸요."

"모조 거북 수프*를 만드는 재료란다." 여왕이 말했다.

"한 번도 본 적 없어요, 들어본 적도 없고요." 앨리스가 말했다.

"그럼 따라오너라." 여왕이 말했다. "녀석이 너한테 제 이야기를 들려줄 게다."

여왕과 함께 경기장을 떠나면서, 앨리스는 왕이 낮은 소리로 일동 전원에게 "모두 사면이다"라고 말하는 것을 들었다. "아유, 거 잘됐다!" 여왕이 하도 많은 처형 명령을 내려서 속상했던 앨리스는 중얼거렸다.

그들은 이내 햇볕을 쬐며 깊이 잠든 그리폰과 마주쳤다. (그리폰이

---

* 모조 거북 수프는 지나친 남획으로 바다거북이 멸종 위기에 다다른 이후 바다거북 고기로 만든 수프를 모방하여 만들어진 음식이며, 주로 송아지고기로 만든다. 실제 바다거북 고기는 '송아지고기와 바닷가재 고기의 중간쯤 되는 맛'이라는 기록이 있다.

뭔지 모르신다면, 그림을 보시라.) "일어나, 게으른 것!" 여왕이 말했다. "여기 작은 숙녀를 모조 거북에게 데려가서 보여주고, 이야기를 들려줘라. 난 돌아가서 명령했던 처형 건들을 감독해야겠다." 그리고 여왕은 앨리스를 그리폰과 단둘이 남겨두고 가버렸다. 앨리스는 그리폰의 생김새가 썩 마음에 들지 않았지만, 따지고 보면 잔인한 여왕을 따라가는 것이나 그리폰 곁에 있는 것이나 별 차이가 없을 거라는 생각이 들어 기다렸다.

그리폰은 일어나 앉아 눈을 비볐다. 그러더니 여왕이 보이지 않게 될 때까지 지켜보았다. 그러고는 웃었다. "웃기는군!" 그리폰은 반쯤 혼잣말로, 반쯤은 앨리스를 향해 말했다.

"뭐가 웃기니?" 앨리스가 말했다.

"저 여자 말이야." 그리폰이 말했다. "전부 자기 상상이야. 사실은 아무도 안 처형하거든. 따라오렴!"

'여기선 다들 '따라와!'라고 하네.' 앨리스는 천천히 그리폰을 따라가며 생각했다. '평생 이렇게 명령만 받았던 적은 없었어, 한 번도!'

그리 멀리 가지 않아 멀찌감치 모조 거북이 보였다. 모조 거북은 작은 바위 턱에 슬프고 외로이 앉아 있었고, 가까이 가자 앨리스에게는 가슴이 찢어지는 듯한 한숨소리가 들렸다. 앨리스는 모조 거북이 몹시 가여웠다. "무슨 일로 슬퍼하는 거야?" 앨리스는 그리폰에게 물었고, 그리폰은 전과 거의 비슷한 말로 대꾸했다. "전부 자기 상상이야. 사실은 슬픔 같은 건 없거든. 따라오렴!"

그래서 그들은 모조 거북에게 다가갔고, 모조 거북은 눈물이 그렁그렁한 커다란 눈으로 그들을 보았지만 아무 말이 없었다.

“여기 작은 숙녀분이,” 그리폰이 말했다. “네 사연을 알고 싶어해, 그렇대.”

“이야기해주지.” 모조 거북이 굵고 공허한 목소리로 말했다. “둘 다 앉아, 그리고 내가 마칠 때까지 한마디도 하지 마.”

그래서 둘은 앉았고, 몇 분간 아무도 입을 열지 않았다. 앨리스는 생각했다. ‘시작도 하지 않는데 도대체 어떻게 끝마친다는 건지 모르겠네.’ 하지만 참을성 있게 기다렸다.

“한때는,” 모조 거북이 마침내 깊은 한숨을 쉬며 말했다. “나도 진짜 거북이었지.”

이 말 뒤에는 기나긴 침묵이 이어졌고, 정적을 깨는 것이라곤 이따금 그리폰이 내는 “흐즈끄르륵!” 하는 외침과 모조 거북의 끊임없는 격한 흐느낌이 전부였다. 앨리스는 하마터면 일어서서 “흥미로운 이야기 매우 감사합니다”라고 말할 뻔했지만, 틀림없이 뭔가 더 있으리란 생각을 떨칠 수 없었으므로 얌전히 앉아 아무 말 않았다.

"어렸을 때 우리는," 모조 거북이 마침내, 아직 때때로 흐느끼곤 했지만 한결 진정되어서 말을 이었다. "바닷속 학교에 다녔어. 선생님은 나이든 바다거북이었는데—우린 그분을 남생이라 부르곤 했지—"*

"남생이가 아닌데 왜 그렇게 불렀어?" 앨리스가 물었다.

"남자 선생이니까 남생이라고 불렀지." 모조 거북이 화를 내며 말했다. "넌 정말 둔하구나!"

"그렇게 간단한 걸 물어보다니 부끄러운 줄 알아라." 그리폰이 거들었다. 그리고 둘은 말없이 앉아 가엾은 앨리스를 쳐다보았고, 앨리스는 땅속으로 꺼지고 싶은 기분이었다. 마침내 그리폰이 모조 거북에게 말했다. "계속해, 친구! 하루종일 끌지 말고!" 그리고 모조 거북은 이렇게 말을 계속했다.

"그래, 우린 바닷속 학교에 다녔어, 믿지 않을지도 모르지만—"

"그렇게 말한 적 없어!" 앨리스가 말을 끊었다.

"했잖아." 모조 거북이 말했다.

"입다물어!" 앨리스가 뭐라 말하기도 전에 그리폰이 끼어들었다. 모조 거북은 이야기를 계속했다.

"우린 최고의 교육을 받았어—사실, 우린 매일 학교에 갔고—"

"나도 매일 학교에 다녔어." 앨리스가 말했다. "그런 걸로 그렇게 자랑스러워할 건 없어."

"과외도 했어?" 모조 거북이 좀 불안한 기색으로 물었다.

---

* 원문은 'tortoise(육지 거북)'와 'taught us(우리를 가르쳤다)'의 유사한 발음을 이용한 말장난.

“그래.” 앨리스가 말했다. “우린 프랑스어와 음악을 배웠어.”

“빨래도?” 모조 거북이 물었다.

“당연히 아니지!” 앨리스가 발끈하여 말했다.

“아! 그럼 너희 학교는 정말 좋은 학교는 아니었구나.” 모조 거북이 크게 마음놓은 듯 말했다. “우리 학교는 청구서 맨 끝에 ‘프랑스어, 음악, 빨래 – 과외금’이라고 써 있었거든.”

“어차피 별로 필요도 없었을 텐데.” 앨리스가 말했다. “바다 밑바닥에 살고 있었으니."

"난 배울 형편이 못 됐어." 모조 거북이 한숨을 쉬며 말했다. "정규 수업만 들었지."

"뭐였는데?" 앨리스가 물었다.

"일단은 당연히 읽기와 뜨기였지." 모조 거북이 대꾸했다. "그리고 여러 가지 산수 과목들—덧내기, 빽기, 겉셈, 가누기."*

"'겉셈'이라니 들어본 적도 없어." 앨리스는 용기를 내어 말했다. "그게 뭐니?"

그리폰은 놀라워하며 앞발을 쳐들었다. "뭐! 겉셈을 들어본 적 없다니!" 그리폰은 부르짖었다. "너 속셈이 뭔지는 알겠지?"

"응." 앨리스는 미심쩍게 말했다. "그건—뭔가를—머릿속으로—셈하는 거잖아."

"그래, 그럼." 그리폰이 말을 이었다. "그런데도 겉셈이 뭔지 모른다면 넌 바보야."

앨리스는 그에 대해 더이상 질문할 용기가 꺾였으므로, 모조 거북에게 물었다. "그 밖에 또 뭘 배웠어?"

"음, 조사가 있었지." 모조 거북은 앞지느러미로 과목을 세며 답했다. "—조사, 앞조사와 뒷조사, 그리고 지루학. 그리고 또 소모하기—소모 선생님은 늙은 붕장어였는데, 일주일에 한 번 오셨지. 그분은 소모하기,

---

* 원문은 'reeling, writhing, ambition, distraction, uglification, derision(비틀거리기, 몸부림치기, 야망, 정신 산만, 추화, 조롱)'으로, 각각 'reading, writing, addition, subtraction, multiplication, division(읽기, 쓰기, 더하기, 빼기, 곱하기, 나누기)'이라는 과목명으로 말장난한 것이다.

체색 바꾸기, 밑구름 구르기를 가르치셨어."*

"그건 어떻게 하는 건데?" 앨리스가 물었다.

"글쎄, 내가 직접 보여줄 수는 없고." 모조 거북이 말했다. "난 너무 뻣뻣하거든. 그리폰은 배운 적이 없으니."

"시간이 없었지." 그리폰이 말했다. "그렇지만 난 고전 선생님께 배웠어. 그분은 늙은 게였어, 그랬지."

"난 한 번도 배운 적 없어." 모조 거북이 한숨지으며 말했다. "웃음과 슬픔**을 가르치셨다고 하던데."

"그랬지, 그랬어." 그리폰이 덩달아 한숨지으며 말했다. 그리고 둘 다 앞발로 얼굴을 가렸다.

"하루 몇 시간이나 수업을 받았는데?" 앨리스가 화제를 바꾸려고 황급히 물었다.

"첫날은 열 시간." 모조 거북이 말했다. "다음날은 아홉 시간, 그런 식이었어."

"정말 이상한 시간표다!" 앨리스가 놀랐다.

"그래서 수업이라고 부르는 거야." 그리폰이 대꾸했다. "매일 수없이 줄어드니까."***

이는 앨리스가 한 번도 해보지 못한 생각이었고, 앨리스는 잠시 궁

---

* 여러 나열된 과목들의 원문은 'mystery, seaography, drawling, stretching, fainting in coils(불가사의, 바다지리, 느리게 말하기, 몸 뻗기, 돌돌 말고 기절하기)'로, 각각 'history, geography, drawing, sketching, painting in oils(역사, 지리, 소묘, 스케치, 유화 그리기)'로 말장난한 것이다.

** '웃음/슬픔(laughing/grief)'은 '라틴어/그리스어(Latin/Greek)'에 비견한 말장난.

*** 원문은 동음이의어 'lessen(줄어들다)'과 'lesson(수업)'을 이용한 말장난.

리하다가 다음 질문을 했다. "그럼 열한번째 날은 휴일이었겠네?"

"당연히 그랬지." 모조 거북이 말했다.

"그럼 열두번째 날엔 뭐 했어?" 앨리스는 열성적으로 물었다.

"수업 이야기는 이제 됐어." 그리폰이 매우 단호한 어조로 끼어들었다. "이제 놀이 얘기를 들려줘."

10장

# 바닷가재 카드리유

모조 거북은 깊은 한숨을 쉬고, 한쪽 앞지느러미 등으로 눈을 훔쳤다. 앨리스를 보며 말을 하려 했지만 흐느끼느라 잠시 목이 메었다. "목구멍에 뼈라도 걸린 것 같군." 그리폰은 말했고, 모조 거북을 뒤흔들며 등을 두들기기 시작했다. 마침내 모조 거북은 목소리가 돌아왔고 뺨에 눈물을 흘리며 다시 이야기를 시작했다.

"넌 바닷속에 살아본 적이 별로 없을 거고—" ("없어." 앨리스는 말했다)—"게다가 이제껏 바닷가재를 만나본 적도 없을 테니—" (앨리스는 "먹어본 적은—"이라고 말을 꺼냈다가 재빨리 입단속을 하고 "없어, 한 번도"라고 말했다) "—바닷가재 카드리유*가 얼마나 즐거운지 알 리

* quadrille. 원뜻은 19세기 무렵 유럽에서 유행한, 4인 1조로 마주 보며 추는 프랑스 춤.

가 없겠지!"

"정말 그래." 앨리스가 말했다. "그건 어떤 춤이니?"

"그건 말이지." 그리폰이 말했다. "일단 해변에 한 줄로 늘어서고—"

"두 줄이야!" 모조 거북이 외쳤다. "물개, 거북, 연어 등이 줄을 서지. 그런 다음 해파리를 싹 치우고 나서—"

"대개 그러는 데 시간이 좀 걸리지." 그리폰이 끼어들었다.

"—두 발 앞으로 가고—"

"각자 바닷가재와 짝을 지어서!" 그리폰이 외쳤다.

"당연하지." 모조 거북이 말했다. "두 발 앞으로 가고, 짝을 마주 보고—"

"—바닷가재를 바꾸고, 같은 순서로 물러나는 거야." 그리폰이 말을 이었다.

"그다음엔, 그거지." 모조 거북이 계속했다. "던지는 거야—"

"바닷가재를!" 그리폰이 팔짝 뛰며 소리쳤다.

"—있는 힘껏 바다 저멀리—"

"바닷가재를 따라 헤엄쳐!" 그리폰이 고함쳤다.

"바닷속에서 재주넘기를 하고!" 모조 거북이 미친듯이 뛰어다니며 외쳤다.

"다시 바닷가재를 바꾸고!" 그리폰이 목청껏 소리질렀다.

"다시 육지로 돌아오는 거야—거기까지가 첫번째 동작이야." 모조 거북이 갑자기 목소리를 낮추며 말했다. 그리고 내내 미친듯이 펄쩍펄쩍 뛰어다니던 두 생물은 아주 슬프고 조용히 도로 앉아 앨리스를 바라보았다.

"아주 근사한 춤이겠구나." 앨리스는 자신 없이 말했다.

"좀 보고 싶니?" 모조 거북이 말했다.

"굉장히 보고 싶어." 앨리스가 말했다.

"자아, 첫 부분을 해보자!" 모조 거북이 그리폰에게 말했다. "바닷가재가 없어도 할 수 있잖아. 노래는 누가 할래?"

"오, 네가 해." 그리폰이 말했다. "난 가사를 잊어버렸어."

그래서 그들은 앨리스 주위를 빙글빙글 돌면서, 너무 가까이 다가올 때면 간간이 앨리스의 발을 밟으며, 앞발을 흔들어 박자를 맞춰가며 엄숙하게 춤추기 시작했고, 모조 거북은 아주 느릿하고 서글프게 이런 노래를 불렀다.

“좀더 빨리 걷지 않을래?” 민어가 달팽이에게 말했다네.*
“우리 바로 뒤에 돌고래가 있는데, 내 꼬리를 밟고 있거든.
바닷가재와 거북들이 얼마나 열정적으로 다가서는지 보렴!
자갈밭 해안에서 기다리고 있어—너도 와서 함께 춤출래?
　　춤출래, 안 출래, 춤출래, 안 출래, 너도 함께 춤출래?
　　춤출래, 안 출래, 춤출래, 안 출래, 너도 함께 춤 안 출래?

얼마나 즐거운지 넌 상상도 못할 거야
그들이 우릴 집어들어 바닷가재와 함께 바닷속으로 던지면!”
한데 달팽이 “너무 멀어, 너무 멀어!” 하곤 미심쩍게 곁눈질했네—
민어에게 정중히 고맙다고 했지만, 춤에는 끼지 않겠다고 했다네.
　　안 춘다고, 못 춘다고, 안 춘다고, 못 춘다고, 함께 춤추지 않겠다고.
　　안 춘다고, 못 춘다고, 안 춘다고, 못 춘다고, 함께 춤출 수 없다고.

---

* 메리 호잇이 1829년에 발표한 시 「거미와 파리」의 첫 소절을 패러디한 것이다. 해당 부분은 다음과 같다.

“우리집 응접실에 들어올래?” 거미가 파리에게 말했네.
“네가 본 것 중 가장 작고 예쁜 응접실이란다.
내 응접실로 가는 길은 빙빙 도는 계단을 올라가,
네가 오면 예쁜 것들을 잔뜩 보여줄 거야.”
“아니, 싫어!” 작은 파리는 말했네, “내게 청해봐야 소용없어,
빙빙 도는 네 계단을 올라갔다가는 다시는 돌아오지 못하잖아.”

"멀리 가는 게 뭐 어때서 그래?" 비늘 달린 친구가 대꾸했다네.
"저쪽 편에는 다른 해변이 있다는 거 알잖아.
잉글랜드에서 멀어질수록 프랑스에 가까워지지—
그러니 내 친구 달팽이야, 하얗게 질릴 것 없이, 와서 함께 춤추자.
춤출래, 안 출래, 춤출래, 안 출래, 너도 함께 춤출래?
춤출래, 안 출래, 춤출래, 안 출래, 너도 함께 춤 안 출래?"

"고마워, 정말 재미있는 춤 구경이었어." 앨리스는 춤이 드디어 끝나 매우 기뻐하며 말했다. "그리고 민어가 나오는 그 신기한 노래가 참 좋았어!"

"오, 민어라니 말인데." 모조 거북이 말했다. "걔들은—물론 너도 민어를 본 적 있지?"

"그래." 앨리스가 말했다. "종종 밥상—" 앨리스는 황급히 입을 다물었다.

"'밥사'가 어딘지는 모르겠지만." 모조 거북이 말했다. "그렇게 자주 봤다면 당연히 어떻게 생겼는지도 알겠구나."

"알 것 같아." 앨리스는 진지하게 대꾸했다. "꼬리가 입에 물려 있고—온통 빵가루투성이야."

"빵가루 얘기는 틀렸어." 모조 거북이 말했다. "바다에서 빵가루는 죄다 쓸려나갈걸. 하지만 꼬리가 입에 물려 있기는 하지. 그 이유는 말이야—" 여기서 모조 거북은 하품하며 눈을 감았다.—"얘한테 그 이유랑 그런 것들을 얘기해줘." 모조 거북은 그리폰에게 말했다.

"그 이유는 말이지." 그리폰이 말했다. "개네가 바닷가재와 함께 춤추러 가서야. 그래서 걔네는 바다에 던져졌지. 그래서 멀리멀리 날아갔지. 그래서 꼬리가 입속에 단단히 물려버렸지. 그래서 도로 뺄 수가 없었지. 그런 거야."

"고마워." 앨리스는 말했다. "아주 흥미롭구나. 전에는 민어에 대해 그렇게 잘 알지 못했어."

"너만 좋다면 더 얘기해줄 수 있어." 그리폰이 말했다. "그게 왜 민어라고 불리는지 알아?"

"생각해본 적 없는데." 앨리스가 말했다. "왜 그런데?"

"장화와 구두 담당이니까." 그리폰이 매우 엄숙하게 대답했다.

앨리스는 전혀 영문을 알 수 없었다. "장화와 구두 담당이라니!" 앨리스는 어리둥절한 투로 되풀이했다.

"그럼, 네 구두는 뭘로 처리하는데?" 그리폰이 말했다. "그러니까, 뭘로 그렇게 민들민들 윤나게 하냐고."

앨리스는 구두를 내려다보고, 잠깐 생각한 다음 대답했다. "구두약으로 하지."

"바닷속의 장화와 구두는," 그리폰이 굵은 목소리로 말했다. "민어로 하거든. 이제 알겠지."*

"그것들은 뭘로 만드는데?" 앨리스가 호기심 가득한 어조로 물었다.

"창꼬치와 대다리로 만들지, 당연히."** 그리폰이 약간 짜증을 내며 대

---

* 원문은 'whiting(대구과에 속하는 다양한 물고기를 이르는 속명)'과 'blacking(구두약)'을 대조시킨 말장난.

** 'soles and eels(가자미와 뱀장어)'에서 'sole(밑창)'과 'heel(구두굽)'과의 유사성을 이용한 말장난.

꾸했다. "그런 건 아무 새우나 붙잡고 물어봐도 알겠다."

"내가 민어였다면," 여전히 생각이 노래에 맴돌고 있던 앨리스는 말했다. "돌고래에게 말해줬을 거야. '좀 떨어져줄래. 네가 우리에게 붙는 건 싫어!'라고."

"돌고래가 있어야만 했어." 모조 거북이 말했다. "현명한 물고기라면 돌고래하고가 아니면 어딜 가지 않거든."

"정말이야?" 앨리스는 깜짝 놀라 물었다.

"당연하지." 모조 거북이 말했다. "이를테면, 어떤 물고기가 나에게 와서 여행을 떠난다고 하면, 난 '한 바퀴 돌고래?'라고 할 거 아냐."

"'돌고 올래?'를 뜻하는 게 아니고?"* 앨리스가 말했다.

"말하는 대로의 뜻이야." 모조 거북이 못마땅한 투로 대꾸했다. 그리고 그리폰은 "자, 네 모험 이야기를 들어보자"라고 거들었다.

"오늘 아침부터의 내 모험이라면 이야기할 수 있어." 앨리스는 약간 머뭇거리며 말했다. "하지만 어제를 되짚어보는 건 소용없어. 그때는 내가 다른 사람이었거든."

"전부 설명해봐." 모조 거북이 말했다.

"안 돼, 안 돼! 모험이 먼저야." 그리폰이 조급하게 말했다. "설명은 시간을 지긋지긋하게 오래 끈단 말이야."

그래서 앨리스는 흰토끼를 처음 봤을 때부터 해온 자신의 모험을 이야기하기 시작했다. 처음에는 두 생물이 양옆에 하도 바싹 붙어 눈을 크게 뜨고 입을 쩍 벌리고 있었으므로 좀 불안했지만, 이야기하면서 용

* 'porpoise(돌고래)'와 'purpose(목적)'의 유사한 발음을 이용한 말장난.

기가 솟았다. 앨리스가 쐐기벌레 앞에서 「아버지는 늙으셨죠, 윌리엄 아버지」를 다시 외고, 말이 전부 엉뚱하게 나왔던 대목까지, 이야기를 듣던 둘은 한마디도 않고 조용히 있다가, 모조 거북이 긴 한숨을 쉬고 말했다. "그것 참 기묘하네."

"전부 기묘하기 짝이 없어." 그리폰이 말했다.

"온통 다 달라!" 모조 거북이 생각에 잠겨 되풀이했다. "얘한테 다른 걸 외워보라고 해서 듣고 싶은데. 해보라고 해." 모조 거북은 마치 그리폰에게 앨리스를 다룰 권한이라도 있다고 여기는 듯 그리폰을 바라보았다.

"일어서서 「이건 게으름뱅이의 목소리라네」*를 외워봐." 그리폰이 말했다.

---

* 아이작 와츠의 시 「게으름뱅이The Sluggard」를 가리킨다. 앨리스가 외우는 엉뚱한 시는 그 패러디다. 처음 세 연은 다음과 같다.

이건 게으름뱅이의 목소리라네. 나는 그의 불평을 들었지.
"나를 너무 일찍 깨웠어, 다시 잠을 청해야겠어."
문이 경첩에 달려 있듯, 그는 제 침대에 달라붙어
옆구리와 어깨와 무거운 머리를 돌리네.

"조금 더 자자, 조금 더 눈을 붙이자."
그렇게 그는 하루의 반을, 무수한 시간을 낭비하네,
그리고 일어나면 양손을 깍지 끼고 앉아 있거나
어슬렁어슬렁 걷거나, 빈둥대며 서 있지.

그의 정원을 지나다가, 나는 무성한 가시덤불을 보았네,
가시나무와 엉겅퀴는 더욱 넓고 높게 자라네,
그가 걸친 옷은 넝마로 변해가고
굶거나 구걸할 때까지 돈은 여전히 낭비되네.

'여기 생물들은 어쩌면 이렇게 이래라저래라 시키고, 배운 것을 외우라고 할까!' 앨리스는 생각했다. '학교에 있는 거나 마찬가지잖아.' 앨리스는 그래도 일어서서 외우기 시작했지만, 머릿속에 바닷가재 카드리유 생각이 꽉 차서 입에서 무슨 말이 나오는지도 몰랐기 때문에 몹시 괴상한 말들이 나왔다.

이건 바닷가재 목소리라네. 난 그의 말을 들었지,
"날 너무 눋도록 구웠어, 머리카락에 설탕을 쳐야겠군."
오리가 눈꺼풀로 그리하듯, 그는 제 코로
허리띠와 단추를 매만지고, 발가락을 바깥으로 돌린다네.

모래가 온통 마르면, 그는 종달새처럼 명랑하고,
상어를 두고 업신여기는 투로 이야기하지,
하지만, 밀물이 들어와 상어들이 에워싸면
그의 목소리는 기어들어가고 바들바들 떨린다네.

"내가 어릴 때 외우곤 했던 거랑은 다른데." 그리폰이 말했다.

"뭐, 난 한 번도 들어본 적 없지만." 모조 거북이 말했다. "엄청난 허튼 소리로 들려."

앨리스는 아무 말 않았다. 양손에 얼굴을 파묻고 앉아, 앞으로 하나라도 정상적인 일이 일어나긴 할까 의아해하고 있었다.

"설명해줬으면 좋겠는데." 모조 거북이 말했다.

"얘는 설명 못해." 그리폰이 재빨리 말했다. "다음으로 넘어가자."

"그런데 발가락은?" 모조 거북은 끈질기게 물었다. "어떻게 코로 발가락을 바깥으로 돌리는 거야?"

"춤출 때 기본자세야." 앨리스는 말했다. 하지만 모든 일이 지독하게 혼란스러워 화제를 바꾸고 싶은 마음만 간절했다.

"다음 연으로 넘어가." 그리폰이 안달을 내며 되풀이했다. "처음은 '그의 정원을 지나다가'로 시작해."

앨리스는 전부 잘못될 게 틀림없다고 여기면서도 감히 거역하지 못하고 떨리는 목소리로 시를 외웠다.

그의 정원을 지나다가, 나는 보았지, 한쪽 눈으로,
올빼미와 표범이 파이 하나를 어떻게 나누는지—

표범이 파이 껍질, 국물, 고기를 차지하고,
올빼미에게 돌아온 몫은 접시였다네
파이를 모조리 해치우자, 올빼미는, 덤으로,
숟가락을 챙겨도 좋다고 친절한 허락 받았지.
한편 표범은 으르렁대며 칼과 포크를 받았고,
만찬의 마무리는 바로—

"이런 걸 외워봐야 무슨 소용이야." 모조 거북이 끼어들었다. "외우면서 설명해주지 않을 거면? 정말이지 내가 들어본 것 중에 제일 뒤죽박죽이야!"

"그래, 그만두는 게 좋겠다." 그리폰이 말했다. 앨리스는 그만두게 되어 그저 기쁠 뿐이었다.

"우리가 바닷가재 카드리유의 다른 춤동작을 해볼까?" 그리폰이 말을 이었다. "아니면 모조 거북이 노래를 불러주는 게 좋겠니?"

"오, 노래가 좋겠어, 모조 거북이 그래 준다면." 앨리스가 너무 반색하며 대답했기에 그리폰은 좀 기분 상한 투로 말했다. "흠! 취향은 가지각색인 법이니까! 얘한테 「거북 수프」*를 불러줄래, 친구?"

---

* 제임스 M. 세일스가 써서 1855년 곡으로 나온 「저녁 별Star of the Evening」의 패러디다.

하늘의 아름다운 별 너무도 밝아,
그대의 은빛 부드럽게 떨어지네
그대가 저멀리서 움직일 때마다,
저녁의 별, 아름다운 별,
저녁의 별, 아름다운 별.

모조 거북은 깊이 한숨을 쉬고, 이따금 흐느낌에 목메는 소리로 노래를 불렀다.

아름다운 수프, 진하고도 초록색,
뜨거운 그릇에서 기다리고 있지!
이런 진미 앞에 누가 굽신거리지 않겠어?
저녁의 수프, 아름다운 수프!
저녁의 수프, 아름다운 수프!
　　　아름-다아운 수우-우프!
　　　아름-다아운 수우-우프!
저어-녁의 수우-우프
　　　아름다운, 아름다운 수프!

아름다운 수프! 생선이나 고기, 다른 음식 따위
누가 마음에나 두겠어?

---

코러스:
아름다운 별,
아름다운 별,
저녁의 별,
아름다운, 아름다운 별.

빛나라, 오 신성한 사랑의 별이여,
우리 영혼의 사랑이
멀리 움직이는 그대를 감싸길,
황혼녘의 별, 아름다운 별.

오직 두 푼어치의 아름다운 수프를 위해
뭐든 내놓지 않을 자 있겠어?
한 푼어치의 아름다운 수프에?
　　　　아름-다아운 수우-우프!
　　　　아름-다아운 수우-우프!
저어-녁의 수우-우프
　　　　아름다운, 아름-**다운 수프**!

"다시 후렴구!" 그리폰이 소리쳤고, 모조 거북이 막 후렴을 되풀이하기 시작한 차에, 멀리서 외침이 들렸다. "재판이 시작된다!"

"따라와!" 그리폰은 외쳤고, 앨리스의 손을 잡고는 노래가 끝나기를 기다리지도 않고 걸음을 재촉했다.

"무슨 재판인데?" 앨리스는 뛰면서 숨을 헐떡였다. 그러나 그리폰은 "따라와!"라고만 하고 한층 더 빠르게 달렸고, 그들을 스치는 바람결을 타고 우울한 노랫말이 점점 희미해지며 들려왔다.

저어-녁의 수우-우프
　　　　아름다운, 아름다운 수프!

## 11장
# 누가 타르트를 훔쳤나?

그들이 도착해서 보니 하트의 왕과 여왕이 옥좌에 앉아 있고, 수많은 군중이 주변에 모여 있었다.—군중은 온갖 종류의 작은 새와 짐승, 그리고 카드 한 벌이었다. 그들 앞에 잭이 사슬에 매이고 양옆에서 병사들의 감시를 받으며 서 있었다. 왕 곁에는 흰토끼가 한 손에는 트럼펫, 다른 손에는 양피지 두루마리를 들고 있었다. 법정 한가운데에 테이블이 있었는데, 타르트가 담긴 큰 접시가 얹혀 있었다. 매우 먹음직스러워 보여서 보고 있자니 앨리스는 배가 고파왔다.—'재판을 후딱 해치우고,' 앨리스는 생각했다. '다과를 돌렸으면!' 하지만 그럴 성싶지 않았으므로, 앨리스는 시간을 보내기 위해 주변의 이모저모를 둘러보았다.

앨리스는 전에 법정에 와본 적 없지만 책에서 읽은 적 있었고, 그 자리에 있는 거의 모든 것의 이름을 안다는 게 퍽 흐뭇했다. "저게 판사야." 앨리스는 혼잣말했다. "큰 가발을 쓰고 있으니까."

그런데 판사는 바로 왕이었다. 가발 위에 왕관을 쓰고 있으니(어떻게 그랬는지 알고 싶으면 맨 앞의 삽화 그림을 보시라) 조금도 편해 보이지 않았고, 어울리지 않는 건 확실했다.

"그리고 저게 배심석이야." 앨리스는 생각했다. "저 열두 마리 생물은"('생물'이라고 할 수밖에 없었던 것이, 몇몇은 동물이고 몇몇은 새였기 때문이다) "배심원일 거야." 앨리스는 이 마지막 말을 뿌듯하게 두세 번 혼자 되풀이했다. 제 또래 아이들 중 적어도 그 말뜻을 아는 이는 매우 드물 거라 여겨져서였고, 또 사실이 그랬다. 하지만 '배심 참가자'라는 말로도 괜찮았을 것이다.

열두 배심원은 모두 석판에 부지런히 글씨를 쓰고 있었다. "뭘 하는 거지?" 앨리스는 그리폰에게 속삭였다. "재판이 시작되지 않았으니 아직 적을 게 아무것도 없을 텐데."

"자기 이름을 쓰는 거야." 그리폰이 속삭이며 대답했다. "재판이 끝나기 전에 이름을 잊을까봐서지."

"멍청한 것들!" 앨리스는 큰 소리로 분통을 터뜨렸지만 황급히 멈췄다. 흰토끼가 "법정에서는 정숙하시오!" 하고 외치자, 왕이 안경을 끼고 목소리를 낸 게 누군지 보려고 근심스레 두리번거리고 있었기 때문이다.

앨리스 눈에는 배심원 전원이 석판에 "멍청한 것들!"이란 말을 받아 적고 있던 게 등뒤에서 들여다보는 것만큼이나 똑똑히 보였고, 배심원 하나가 '멍청'이라는 말을 어떻게 쓰는지 몰라 이웃에게 물어보는 것조

차 알아볼 수 있었다. '재판이 끝나기 전에 석판이 엉망진창이 되겠어!' 앨리스는 생각했다.

배심원 하나의 석필에서 끼익끼익 소리가 났다. 당연히 앨리스는 이를 참을 수 없었고, 법정을 빙 돌아 그 뒤로 가서 틈을 봤다가 석필을 빼앗았다. 어찌나 잽싸게 그랬는지 불쌍한 작은 배심원은(도마뱀 빌이었다) 석필이 어디로 갔는지 전혀 영문을 알 수 없었다. 그래서 사방을 찾아 헤매다 결국 그날 하루종일 빌은 손가락으로 글씨를 써야 했고, 석판에는 아무 자취도 남지 않았으니 이는 쓸모없는 짓이었다.

"문장관, 고소장을 읽으라!" 왕이 말했다.

이 명령에 흰토끼는 트럼펫을 세 번 불고는 양피지 두루마리를 펼쳐 읽었다.

하트의 여왕님이 타르트를 만들었네,
　　여름날 하루종일.
하트의 잭이 타르트를 훔쳐
　　몽땅 가지고 내뺐다네!

"평결을 준비하라." 왕이 배심원단에게 말했다.

"아직 아닙니다, 아직 아니에요!" 토끼가 황급히 끼어들었다. "그 전에 거쳐야 할 일이 아주 많습니다!"

"첫번째 증인을 불러라." 왕이 말했고, 흰토끼는 트럼펫을 세 번 불고 외쳤다. "첫번째 증인!"

첫번째 증인은 모자쟁이였다. 그는 한 손에 찻잔을, 다른 손에 버터

바른 빵을 들고 들어왔다. "무례를 용서하십시오, 폐하." 그는 말했다. "이런 것들을 들고 와서 죄송합니다만, 소환당했을 때 차를 채 다 마시지 않아서요."

"다 마셨을 법도 한데." 왕이 말했다. "언제 시작했느냐?"

모자쟁이는 3월 토끼를 쳐다보았다. 3월 토끼는 겨울잠쥐와 팔짱을 끼고 그를 뒤따라 법정에 와 있었다. "3월 14일이었던 것 같습니다." 그가 말했다.

"15일이야." 3월 토끼가 말했다.

"16일이야." 겨울잠쥐도 한마디했다.

"기록해두어라." 왕이 배심원단에게 말했고, 배심원들은 열심히 세

날짜를 모두 석판에 받아적은 다음 서로 더해서 그 답을 실링과 펜스로 환산했다.

"모자를 벗어라." 왕이 모자쟁이에게 말했다.

"제 것이 아닙니다." 모자쟁이가 말했다.

"훔친 것이군!" 왕이 배심원단 쪽을 보며 소리쳤고, 배심원들은 즉시 그 사실을 기록했다.

"팔려고 갖고 있는 것들입니다." 모자쟁이가 설명했다. "제 것은 하나도 없습니다. 저는 모자쟁이거든요."

이때 여왕이 안경을 끼고 모자쟁이를 쏘아보기 시작했고, 모자쟁이는 하얗게 질려 안절부절못했다.

"증언하라." 왕이 말했다. "그리고 안달복달하지 마라, 아니면 이 자리에서 처형하겠다."

이 말은 증인에게 조금도 격려가 되지 않는 듯했다. 그는 계속해서 한쪽 발에서 다른 발로 몸무게를 바꿔 실으며 불안하게 여왕 쪽을 보았고, 몹시 당황한 와중에 버터 바른 빵 대신 찻잔을 크게 한입 깨물었다.

바로 그 순간 앨리스는 아주 이상한 기분이 들어서 한동안 어리둥절해 있다가 이유를 알아챘다. 앨리스는 다시 커지고 있었고, 처음에는 일어나서 법정을 뜨려 했지만 다시 생각해보고 공간이 있는 한은 남아 있기로 마음먹었다.

"그렇게 밀지 좀 마." 옆에 앉아 있던 겨울잠쥐가 말했다. "숨을 못 쉬겠어."

"나도 어쩔 수 없어요." 앨리스는 얌전히 말했다. "자라고 있거든요."

"네게 여기서 자랄 권리는 없어." 겨울잠쥐가 말했다.

"말도 안 되는 소리 하지 마세요." 앨리스는 한결 대담하게 말했다. "당신도 자라고 있잖아요."

"그래, 하지만 난 알맞은 정도로 자란다고," 겨울잠쥐가 말했다. "그렇게 터무니없이 자라는 게 아니라." 그러고는 몹시 토라져 일어서서 법정 반대편으로 가버렸다.

그러는 동안 여왕은 내내 한시도 눈을 떼지 않고 모자쟁이를 쏘아보고 있다가, 겨울잠쥐가 법정을 가로지르는 순간 법정 관리 중 하나에게 말했다. "지난번 음악회에서 노래했던 이들의 명단을 가져오라!" 이 말에 가련한 모자쟁이는 어찌나 심하게 떨었는지 신발 양쪽이 모두 벗겨지고 말았다.

"증언하라." 왕이 화난 소리로 되풀이했다. "그렇지 않으면 안달복달

하든 말든 처형하겠다."

"저는 딱한 사람입니다, 폐하." 모자쟁이는 떨리는 소리로 말하기 시작했다. "—차를 마시기 시작한 것은—일주일 정도밖에 안 되었고—버터 바른 빵은 얇아져가고—반짝거리는 차—"

"뭐가 반짝거려?" 왕이 말했다.

"모든 일의 시작은 차를 마시던 찰나였습니다." 모자쟁이가 대답했다.

"물론 찰나는 반짝 지나가지!"* 왕이 날카롭게 말했다. "날 머저리로 여기느냐? 계속하라!"

"저는 딱한 사람입니다." 모자쟁이는 말을 이었다. "그후로는 거의 모든 게 반짝거려서—3월 토끼가 말하기를—"

"안 그랬습니다!" 3월 토끼가 부랴부랴 말을 끊었다.

"그랬잖아!" 모자쟁이가 말했다.

"그 사실을 부인합니다!" 3월 토끼가 말했다.

"부인한다고 한다." 왕이 말했다. "그 부분은 배제하라."

"그럼, 어쨌거나, 겨울잠쥐가 말하기를—" 모자쟁이는 말을 계속하며, 겨울잠쥐 역시 부인하는지 보려고 근심스레 두리번거렸다. 그러나 겨울잠쥐는 깊이 잠들어서 아무것도 부인하지 않았다.

"그후에는," 모자쟁이는 말을 이었다. "버터 바른 빵을 좀더 썰어서—"

"겨울잠쥐가 뭐라고 했는데요?" 배심원 하나가 물었다.

---

* 원문은 "It *began* with the tea(그것은 차로 시작되었습니다)"/ "Of course twinkling *begin* with a T!(물론 '반짝거림'이라는 단어는 T로 시작하지!)"라는 말장난이다. 여기서 모자쟁이는 7장에 나왔던 "반짝반짝 작은 박쥐" 노래를 생각하고 있다.

"그건 기억나지 않습니다." 모자쟁이가 말했다.

"기억해내거라." 왕이 말했다. "그러지 않으면 처형하겠다."

가련한 모자쟁이는 찻잔과 버터 바른 빵을 떨어뜨리고 한쪽 무릎을 꿇었다. "저는 딱한 사람입니다, 폐하." 그는 말했다.

"넌 정말 딱하도록 말주변이 없구나." 왕이 말했다.

이 말에 기니피그 한 마리가 환호를 보냈다가 즉각 법정 관리들한테 진압당했다. (이건 꽤 어려운 단어이니, 여러분에게 어떻게 했는지 설명해드리겠다. 그들은 끈으로 입구를 조일 수 있는 커다란 마댓자루에 기니피그를 머리부터 밀어넣고, 그 위에 앉았다.)

'저 장면을 보게 되어 잘됐다.' 앨리스는 생각했다. '신문에서 자주, 재판 마지막에 '일부에서 박수갈채를 보내려 했으나 즉각 법정 관리들에게 진압당했다'라는 글을 읽었는데, 이제야 그 뜻을 알게 됐지 뭐야.'

"아는 게 그게 전부라면 자리에서 내려가도 좋다." 왕이 말했다.

"더는 내려갈 수 없습니다." 모자쟁이가 말했다. "지금도 바닥에 서 있는데요."

"그렇다면 앉든지." 왕이 대꾸했다.

여기서 다른 기니피그가 환호했다가 진압당했다.

'됐어, 저걸로 기니피그들은 사라졌어!' 앨리스는 생각했다. '이제 좀 낫겠군.'

"저는 차를 마저 마시고 싶습니다." 모자쟁이가 걱정스럽게 여왕을 힐끗 보며 말했다. 여왕은 가수 명단을 읽고 있었다.

"물러가도 좋다." 왕이 말했고, 모자쟁이는 신발을 신을 여유도 없이 다급히 법정을 나갔다.

"—그리고 밖에서 저놈의 목을 베거라." 여왕이 관리 하나에게 덧붙였지만, 관리가 문에 닿기도 전에 모자쟁이는 사라져 보이지 않았다.

"다음 증인을 부르라!" 왕이 말했다.

다음 증인은 공작부인의 요리사였다. 요리사는 후추통을 들고 왔고, 문 가까이 있던 사람들이 갑자기 동시에 재채기를 시작한 것을 보고 앨리스는 요리사가 법정에 들어서기 전부터 누구인지 알 수 있었다.

"증언하라." 왕이 말했다.

"싫은데요." 요리사가 말했다.

왕은 근심스레 흰토끼를 바라보았고, 흰토끼는 낮은 소리로 말했다. "이 증인은 폐하께서 반대신문을 하셔야 합니다."

"뭐, 꼭 해야 한다면 해야겠지." 왕은 우울하게 말하고, 팔짱을 끼고 눈이 거의 사팔뜨기가 될 때까지 요리사를 흘겨보다가 굵은 목소리로 말했다. "타르트는 무엇으로 만들지?"

"후추죠, 대부분." 요리사가 말했다.

"당밀이지." 뒤에서 졸린 목소리가 말했다.

"저 겨울잠쥐를 붙잡아라." 여왕이 악을 썼다. "저 겨울잠쥐의 목을 쳐라! 법정 밖으로 쫓아내라! 제압해라! 꼬집어라! 수염을 뽑아라!"

얼마 동안 겨울잠쥐를 쫓아내느라 법정 전체가 아수라장이 되었고, 도로 잠잠해졌을 무렵 요리사는 사라지고 없었다.

"신경쓸 것 없다!" 왕이 크게 마음놓은 기색으로 말했다. "다음 증인을 부르라." 그리고 그는 여왕에게 작은 소리로 덧붙였다. "정말이지, 여보, 다음 증인은 당신이 반대신문을 해주어요. 머리가 지끈거리는군요!"

앨리스는 흰토끼가 명단을 뒤적이는 것을 보며 다음 증인은 어떨지 무척 궁금했다. "지금까지는 이렇다 할 증언이 나오지 않았는걸." 앨리스는 혼잣말했다. 흰토끼가 작고 새된 소리로 목청껏 이렇게 외쳤을 때 앨리스가 얼마나 놀랐을지 상상해보시라. "앨리스!"

12장

# 앨리스의 증언

"여기 있어요!" 앨리스는 얼떨결에 지난 몇 분간 자기가 얼마나 커졌는지를 잊고 허둥지둥 급히 일어서느라 치맛자락 귀퉁이에 있던 배심원석을 쓰러뜨렸다. 배심원들은 모두 아래쪽 방청객들의 머리 위로 고꾸라져 널브러진 채 있었고, 앨리스는 지난주 실수로 엎었던 금붕어 어항 생각이 났다.

"이런, 정말 **죄송합니다!**" 앨리스는 몹시 당황해 부르짖고 가능한 한 빨리 그들을 집어들기 시작했다. 머릿속에서 금붕어 사건이 떠나지 않아, 왠지 당장 집어서 배심원석에 돌려놓지 않으면 죽을 거라는 생각이 들었던 것이다.

"재판 진행을 잠시 멈춘다." 왕이 아주 근엄한 소리로 말했다. "배심원 전원이 제자리로 돌아갈 때까지—**전원이.**" 왕은 대단히 강조하여 거

듯 말하면서 앨리스를 뚫어져라 쳐다보았다.

앨리스는 배심원석을 보다가 자기가 서두르느라 도마뱀을 거꾸로 돌려놓았음을 깨달았고, 가엾은 도마뱀은 움직일 수가 없어 처량하게 꼬리를 흔들고 있었다. 앨리스는 바로 도마뱀을 도로 빼내어 바르게 놓았다. '이런다고 별 의미가 있을 것 같진 않네.' 앨리스는 생각했다. '내 생각엔 얘가 똑바로 있으나 거꾸로 있으나 재판에서의 쓸모는 거기서 거기일 것 같아.'

배심원단이 엎어진 충격에서 어느 정도 회복되고 석판과 석필이 발견되어 임자에게 돌아가자, 그들은 부지런히 사건 기록을 해나가기 시작했다. 도마뱀만이 예외로, 입을 벌리고 법정 천장을 쳐다보고 있는 것 말고는 아무것도 할 수 없을 만큼 넋이 나가 있는 듯했다.

"이 일에 대해 아는 바가 무엇인가?" 왕이 앨리스에게 말했다.

"아무것도요." 앨리스가 말했다.

"아무것도 모른다고?" 왕이 집요하게 물었다.

"아무것도 몰라요." 앨리스가 말했다.

"그 점은 매우 중하다." 왕은 배심원단을 향해 말했다. 그들이 막 석판에 그 말을 받아적으려는 차에 흰토끼가 끼어들었다. "폐하께서 말씀하신 뜻은 궁하다는 겁니다, 당연히." 대단히 경의어린 어조였지만, 말하면서 왕 쪽을 보며 눈살을 찌푸리고 못마땅한 표정을 했다.

"물론 궁하다는 뜻이었다." 왕은 황급히 말하고는 어느 쪽이 더 근사하게 들리는지 시험하기라도 하는 양 입속말로 "중하다—궁하다—궁하다—중하다"라 중얼거렸다.

배심원 몇몇은 '중하다'라 쓰고, 몇몇은 '궁하다'라 썼다. 앨리스는 석

판을 내려다보기에 충분할 만큼 컸으므로 이를 볼 수 있었다. '하지만 아무래도 상관없잖아.' 앨리스는 생각했다.

이 순간, 노트에 바삐 한참 뭔가를 적고 있던 왕이 "정숙!" 하고 외치더니 노트를 읽었다. "규칙 제42조. 키가 1마일 이상인 자는 모두 법정을 떠나야 한다."

모두 앨리스를 쳐다보았다.

"저는 1마일이나 되진 않아요." 앨리스가 말했다.

"그 정도야." 왕이 말했다.

"거의 2마일에 가깝지." 여왕이 거들었다.

"뭐, 어쨌거나 전 가지 않겠어요." 앨리스는 말했다. "게다가 그건 정식 규칙이 아니에요. 방금 지어내신 거잖아요."

"책에서 가장 오래된 규칙이야." 왕이 말했다.

"그렇다면 제1조였어야죠." 앨리스가 말했다.

왕은 창백해져서 재빨리 노트를 덮었다. "평결을 준비하라." 그는 낮고 떨리는 소리로 배심원단에게 말했다.

"아직 증거가 더 있습니다, 폐하." 흰토끼가 서둘러 벌떡 일어서며 말했다. "이 문서를 방금 입수했습니다."

"내용이 무엇이냐?" 여왕이 물었다.

"아직 열어보지 않았습니다." 흰토끼가 말했다. "하지만 편지인 것 같습니다. 죄수가—누군가에게 쓴 편지입니다."

"분명 그럴 테지." 왕이 말했다. "아무도 안 향해 쓴 게 아닌 바에야, 그런 일은 거의 없지 않은가."

"누구에게 보내는 편지인가요?" 배심원 하나가 물었다.

"받는 이가 나와 있지 않습니다." 흰토끼가 말했다. "사실 겉에는 아무것도 쓰여 있지 않습니다." 그는 말하면서 종이를 펼치고 덧붙였다. "이제 보니 편지가 아니군요. 여러 연으로 된 시입니다."

"죄수의 필체입니까?" 다른 배심원이 물었다.

"그렇지 않습니다." 흰토끼가 말했다. "그리고 이거야말로 가장 기묘한 점입니다." (배심원단은 모두 어리둥절한 표정이 되었다.)

"누군가 다른 이의 필체를 흉내냈음이 틀림없다." 왕이 말했다. (배심원단은 모두 표정이 밝아졌다.)

"폐하," 잭이 말했다. "저는 쓰지 않았고, 제가 그랬다고 증명할 수도 없습니다. 말미에 서명이 없으니까요."

"네가 서명하지 않았다면," 왕이 말했다. "더 심각해질 뿐이다. 뭔가 못된 뜻을 품었음이 틀림없어, 그렇지 않았다면 정직한 사람답게 서명을 했을 테니까."

이 말에 법정 전체가 박수를 보냈다. 그날 왕이 한 말 중 처음으로 정말 똑똑한 말이었기 때문이다.

"물론 그걸로 유죄임이 입증된다." 여왕이 말했다. "그러니 저놈의 목을—"

"아무것도 입증되지 않아요!" 앨리스가 말했다. "아니, 그게 무슨 내용인지도 모르잖아요!"

"읽어보라." 왕이 말했다.

흰토끼는 안경을 썼다. "어디서부터 읽기 시작할까요, 폐하?" 토끼는 물었다.

"처음부터 시작하라." 왕이 엄숙하게 말했다. "그리고 끝에 다다를 때까지 계속했다가, 거기서 멈추라."

법정은 죽은듯 고요해졌고, 흰토끼는 이런 시를 큰 소리로 읽었다.

그들이 그랬는데 그대가 그녀에게 갔었고,
그에게 내 얘길 했다고 하더군.
그녀는 날 두고 좋게 말했지만
내가 수영을 못한다고 했지.

그는 그들에게 내가 가지 않았다는 소식을 전했고
(우린 그게 진실임을 알지)
그녀가 그 일을 계속 밀고 나간다면
그대는 어떻게 될까?

나는 그녀에게 하나 주었고, 그들은 그에게 둘 주었고,
그대는 우리에게 셋이나 그 이상을 주었지
그것들은 전부 그에게서 그대에게로 돌아갔어
전에는 내 것이었는데도.

만일 나나 그녀가 우연히
이 일에 휘말리게 된다면,
그는 그대가 그들을 풀어주리라 믿지,
우리가 그랬던 바로 그대로.

내 생각에 그대는
(그녀가 거칠게 굴기 전에)
끼어든 장애물이었던 거야
그와, 우리와, 그것 사이에.

그녀가 그들을 가장 좋아했다는 걸 그에게 알리지 마
이건 언제까지나
나머지 다른 이들로부터 지켜야 할
그대와 나만의 비밀이니까.

"이건 지금까지 우리가 들었던 것 중 가장 중요한 증거다." 왕이 손을 마주 비비며 말했다. "그러니 이제 배심원단은—"

"누구라도 이 시를 설명할 수 있다면," 앨리스는 말했다. (지난 몇 분간 앨리스는 너무나 커졌기 때문에 왕의 말을 끊는 게 조금도 겁나지 않았다.) "6펜스를 주겠어요. 난 이게 티끌만큼도 의미 없다고 생각해요."

배심원단은 모두 석판에 '그녀는 티끌만큼도 의미 없다고 생각한다'고 받아적었으나, 문서의 뜻을 설명하려 나서는 이는 아무도 없었다.

"여기에 아무 의미도 없다면," 왕이 말했다. "엄청난 수고가 덜어지겠지, 의미를 찾으려 애쓸 필요가 없을 테니 말이야. 하지만 난 모르겠군." 그는 무릎에 시를 펼쳐놓고 한쪽 눈으로 들여다보며 말을 이었다. "보다보니 어느 정도 의미가 있는 것 같기도 한데. '—내가 수영을 못한다고 했지—' 넌 수영을 못하지?" 그는 잭 쪽을 보며 말했다.

잭은 애처롭게 고개를 저었다. "제가 그럴 것 같습니까?" 그는 말했다. (온몸이 판지로 되어 있으니 못할 게 당연했다.)

"여기까진 잘 들어맞아." 왕은 말하고, 계속해서 중얼대며 시를 곱씹었다. "'우린 그게 진실임을 알지'—이건 물론 배심원단을 말하는 거고—'그녀가 그 일을 계속 밀고 나간다면'—이건 여왕이 틀림없고—'그대는 어떻게 될까?'—과연, 그렇군!—'나는 그녀에게 하나 주었고, 그들은 그에게 둘 주었고'—이것 보게, 이건 녀석이 타르트를 어떻게 했는지를 가리키는 게 분명해—"

"하지만 그다음은 '그것들은 전부 그에게서 그대에게로 돌아갔어'라고 이어지잖아요." 앨리스가 말했다.

"그래, 저기에 있지 않은가!" 왕은 테이블의 타르트들을 가리키며 의기양양하게 말했다. "저보다 명확할 수는 없지. 그런 다음—'그녀가 거칠게 굴기 전에'—여보, 당신은 거칠게 군 적이 없잖아요, 그렇지요?" 그는 여왕에게 말했다.

"한 번도요!" 여왕은 격노해서 말하며 도마뱀에게 잉크통을 집어던졌다. (불운한 꼬마 빌은 석판에 손가락으로 글씨를 써봤자 아무 흔적도 남지 않음을 깨닫고 쓰기를 그만두고 있었다. 하지만 이제 얼굴에서 뚝뚝 흐르는 잉크를 이용해 부랴부랴 다시 시작해, 잉크가 남아 있는 동안 계속했다.)

"그렇다면 당신은 이 부분에서 아무것도 마음에 거칠게 없겠군."* 왕은 미소를 띠고 법정을 둘러보며 말했다. 죽은듯 정적이 흘렀다.

"말장난이다!" 왕은 기분 상한 듯 덧붙였고, 모두가 웃었다. "배심원단은 평결을 준비하라." 왕이 그날 한 스무번째로 말했다.

"아니, 아니야!" 여왕이 말했다. "선고가 먼저고—평결은 그다음이야."

"말도 안 돼!" 앨리스가 큰 소리로 말했다. "선고가 먼저라니!"

"입다물어!" 여왕은 얼굴이 자줏빛으로 변해 말했다.

"싫어요!" 앨리스가 말했다.

"저것의 목을 쳐라!" 여왕이 고래고래 고함을 쳤다. 아무도 움직이지 않았다.

"누가 당신을 신경이나 쓸 줄 알고?" 앨리스는 말했다. (이즈음 앨리

---

* 원문은 'fit'의 여러 의미 중 '발작하다, 감정을 폭발시키다, 딱 들어맞다'를 이용한 말장난이다.

스는 온전한 키로 다 자라 있었다.) "너희는 기껏해야 카드 한 벌일 뿐이야!"

이 말에 카드 전체가 공중으로 솟아올라 앨리스에게 날아들었다. 앨리스는 반쯤은 무섭고 반쯤은 화가 나서 작게 비명을 지르고 카드들을 떨쳐버리려 했고, 자기가 언니의 무릎을 베고 강둑에 누워 있고 나무에서 떨어져 얼굴에 내려앉은 낙엽을 언니가 다정하게 쓸어내고 있음을 깨달았다.

"일어나렴, 앨리스!" 언니가 말했다. "세상에, 참 오래도 잤구나!"

"오, 정말 이상한 꿈을 꿨어!" 앨리스는 말하고, 여러분이 방금 읽었던 기묘한 모험 전부를 기억나는 대로 언니에게 이야기했다. 이야기를 마치자 언니는 앨리스에게 입맞춤하고 말했다. "정말 이상한 꿈이었구나. 그렇지만 이제 빨리 차 마시러 가렴. 늦었어." 그래서 앨리스는 일어서서 뛰어가며, 그럴 만도 했지만, 얼마나 놀라운 꿈이었는지 생각했다.

하지만 언니는 앨리스가 떠났을 때의 모습 그대로 앉아 손으로 턱을 괴고 지는 해를 바라보며 작은 앨리스와 앨리스의 놀라운 모험들에 대해 생각하고 있었다. 그러다가 언니도 어느 정도 꿈을 꾸기 시작했는데, 언니의 꿈은 이랬다.

처음은 작은 앨리스의 꿈이었고, 다시금 작은 손이 언니의 무릎을 붙잡고 반짝이는 눈이 열렬히 언니의 눈을 올려보았다—언니에게는 앨리스의 목소리가 생생히 들리고, 흘러내려 언제나 눈을 찌르곤 하

는 머리칼을 뒤로 넘기려고 고개를 독특하게 살짝 젖히는 모습이 보였다—그리고 여전히 귀를 기울이고, 혹은 기울인다고 여기고 있자니, 주위 전체가 어린 동생의 꿈속 이상한 생물들로 생생하게 살아났다.

흰토끼가 서둘러 지나가며 발치의 긴 풀이 바스락거렸다—겁먹은 생쥐가 물을 튀기며 옆의 연못을 헤엄쳐갔다—3월 토끼와 친구들이 영원히 끝나지 않는 다과회를 벌이며 찻잔 달그락대는 소리, 불운한 손님들에게 처형 명령을 내리는 여왕의 새된 소리가 들려왔다—다시금 공작부인의 무릎에서 돼지 아기가 재채기하고, 주변에서 접시와 그릇들이 깨지고 있었다—다시금 그리폰의 날카로운 울음소리, 도마뱀의 석필이 끼익끼익대는 소리, 제압당한 기니피그들이 숨막혀하는 소리가 공기중에 울렸고, 멀리서 들리는 가련한 모조 거북의 흐느낌이 뒤섞였다.

그래서 언니는 눈을 감고 앉아, 자신이 이상한 나라에 있다고 반쯤 믿었다. 사실은 눈을 뜨기만 하면 모든 것이 지루한 현실로 변하리라는 것을 알고 있으면서도—풀은 바람이 불어 바스락거릴 뿐이고, 연못의 잔물결은 갈대가 흔들리기 때문이리라—찻잔의 달그락거림은 양 목의 방울이 딸랑이는 소리, 여왕의 새된 고함은 양치는 소년의 목소리로 바뀔 터였다—그리고 아기의 재채기, 그리폰의 울음소리, 그 밖의 모든 기묘한 소리는 (언니는 알고 있었다) 부산한 농장 마당의 정신없는 떠들썩함으로 변할 것이며—모조 거북의 심한 흐느낌은 멀리 소떼 우는 소리에 지나지 않을 것이다.

마지막으로 언니는 어린 동생이 훗날 성숙한 여인이 될 모습을 마음속에 그려보았다. 또 어른이 된 후에도 어린 시절의 순진하고 사랑 가득한 마음을 내내 간직할 수 있을까를 생각했다. 또 동생이 다른 어린 아이들을 모아놓고 여러 가지 이상한 이야기들, 어쩌면 먼 옛날 이상한 나라의 꿈 이야기까지 들려주며 아이들 눈을 신나고 반짝이게 해줄 모습을 그려보았다. 그리고 아이들의 온갖 꾸밈없는 슬픔에 공감하고, 온갖 꾸밈없는 기쁨에 즐거워하며 자기의 어린 시절과 행복한 여름날들을 돌이켜볼 모습을.

**끝.**

# '앨리스' 이야기의 기원에 관한 세 관점

## 1. 루이스 캐럴이 공연을 관람하고 쓴 글 「무대 위의 앨리스」*

"이것 봐, 주디의 옷이 또 다 찢어졌어." 토머스 코들린**은 수심에 잠겨 이렇게 말했다. 이 말은 사실상 제 것인 인형 한 세트를, 즉 무대에서 구현된 제 꿈-아이들을 평가하는 눈으로 살펴봐야 하는 흔치 않은 일을 맡은 작가에게 잘 어울릴 모토이기도 하다.

극 자체가 어떤 의미에서든 내 것이라는 말이 아니다. 극작품으로

* Lewis Carroll, "Alice on the Stage", *The Theatre*, April 1887.(https://www.alice-in-wonderland.net/resources/background/alice-on-the-stage/)

** 찰스 디킨스의 『오래된 골동품 상점』에 나오는 순회 인형극단 '펀치와 주디'의 주인. '펀치와 주디'는 16세기 이탈리아 코메디아델라르테를 기원으로 하는 영국 전통 인형극으로, 펀치 씨와 그의 아내 주디를 중심으로 벌어지는 잔혹하고 황당한 익살극이다.

각색되리라는 생각이 전혀 없이 집필한 이야기를 극 형식으로 각색하는 작업은 내 역량을 벗어나는 일이었으나, 새빌 클라크* 씨에게는, 내가 판단할 수 있는 한, 그러한 능력이 출중했다. 내게 그의 연극을 연극 자체로서 비평할 자격이 있다고 여겨지진 않는다. 또한 배우들을 배우 자체로 비평할 생각도 전혀 없다.

그렇다면 내가 시도하려는 바는 무엇인가? 그리고 내가 내세울 수 있는 권리는 무엇인가? 답하자면, 각색된 두 이야기의 저자이자, 새빌 클라크 씨가 탁월한 솜씨로 이름은 아니더라도 '깃들 곳'을 부여한 '공기처럼 형체 없는 것들'**의 창작자(그렇다고 믿는다, 적어도 내가 자각하는 한 다른 데서 차용한 것은 아니기에)로서, 내게는 내가 의도했던 바가 무엇이었는지에 대한 특별한 지식, 따라서 그 의도가 얼마나 실현되었는지에 대한 특별한 이해가 있음을 내세워도 허풍은 아닐 것이다. 그리고 이러한 지식과 이해를 나눈다면 〈시어터〉의 독자 중에도 흥미를 느낄 분들이 있으리라 여겼다.

우리가 그 고요한 강물 위를 노 저어 나아간 건 하루이틀이 아니었고—세 꼬마 아가씨와 나를 말한다—그들을 위해 즉흥적으로 지어낸 동화도 여럿이었다. 이야기꾼이 '흐름을 타서' 애써 찾지 않아도 공상들이 잔뜩 몰려올 때도 있었고, 지친 뮤즈를 억지로 몰아, 할 얘기가 있어서라기보다 무슨 얘기라도 해야 했기 때문에 유순히 터벅터벅 나아

* 영국의 극작가이자 저널리스트, 비평가. 1886년 캐럴의 허락을 얻어 『이상한 나라의 앨리스』와 『거울 나라의 앨리스』를 뮤지컬 공연으로 각색하여 올렸다.

** 셰익스피어의 『한여름밤의 꿈』에 나오는, "시인의 펜이 미지의 것들에 형태를 입히고 공기처럼 형체 없는 것들에 깃들 곳과 이름을 부여한다"는 표현을 인용하고 있다.

가게 해야 할 때도 있었다. 그럼에도 이 여러 이야기 중 글로 쓰인 것은 하나도 없었다. 여름날 날벌레처럼 그것들은 저마다의 황금빛 오후를 살다가 죽었으나, 어느 날 어쩌다가 꼬마 청중 하나가 자기를 위해 그 이야기를 글로 써달라고 간청했다. 여러 해 전의 일이었으나, 이 글을 쓰면서 나는 지금 또렷하게 기억한다. 새로운 동화 구절을 짜내려고 필사적으로 노력하던 끝에, 나는 주인공을 일단, 다음에 어떤 일이 일어날지는 아예 헤아려보지도 않고, 토끼굴로 내려보냈다. 그리하여, 사랑하는 한 아이를 즐겁게 해줄 마음에서(이외의 다른 동기는 기억나지 않는다) 나는 직접 원고를 쓰고 손수 서툰 솜씨로—해부학이나 예술의 모든 법칙에 어긋나는 그림이었다(나는 한 번도 그림 그리는 법을 배운 적이 없었기 때문이다)—삽화를 넣었다. 얼마 전 영인본으로 낸 바로 그 책이다.* 글로 쓰면서 새로운 아이디어를 여럿 덧붙였는데, 그것들은 원래의 이야기 줄기에서 저절로 자라나는 듯했다. 그리고 여러 해가 지나 출판을 목적으로 완전히 다시 썼을 때에도 더 많은 새로운 아이디어가 저절로 덧붙었다. 하지만 ('앨리스'의 일부 독자는 이 점을 알고 싶어할 텐데) 그런 아이디어 하나하나와 대화의 거의 모든 단어는 저절로 떠올랐다. 어떤 때는 밤중에 아이디어가 떠올라 자리에서 일어나 등불을 켜고 적어두어야 했고, 겨울날 홀로 산책을 나갔다가 아이디어가 떠오르는 바람에 발걸음을 멈추고 새로이 태어난 아이디어가 사라지지 않도록 반쯤 곱은 손가락으로 급히 끄적거려야 할 때도 있었지만, 언제든 어떻게든 아이디어는 저절로 찾아왔다. 내가 임의로 태엽

* 1864년 앨리스 리들에게 선물했던 『땅속 나라의 앨리스』 수고본을 1886년 영인본으로 출간한 것을 가리킨다.

을 감아 창작능력을 시계처럼 돌아가게 할 수는 없다. 게다가 독창적인 글(이것 말고 보존할 만한 가치가 있는 글이 있을까?) 중에 그런 식으로 창작된 글이 있으리라고는 여겨지지 않는다. 열정도 영감도 없이 자리에 앉아 몇 시간 동안 글을 쓰라고 스스로를 몰아붙인들, 나오는 거라곤(적어도 내게서 나올 거라곤 그뿐일 거라고 확신하는바) 내가 보기에는 대부분의 잡지에서 3분의 2를 차지하는 듯한—쓰기엔 최고로 쉽고 읽기엔 최고로 지겨우며 '여백 채우기용'이라 불리는—기사 정도가 고작이며, 나는 그런 글이 현대문학에서 가장 혐오스러운 것이라 생각한다. '앨리스'와 '거울 나라'는 거의 전부가 여기저기서 가져온 조각들, 저절로 우러난 개별적 아이디어로 이루어졌다. 서투를지 모르지만, 적어도 내가 내놓을 수 있는 최고였다. 그리고 내가 바랄 수 있는 최상의 찬사는 시인이 시인을 두고 쓴 다음과 같은 말일 것이다.

> 그는 사람들에게 그가 지닌 최고를 주었네
> 최악은 자기가 품고, 최고를 내주었네.*

주제에서 멀어졌다는 걸 알고 있다. 하지만 바라건대 잠시만 더 내가 겪은 작은 사건 하나를 이야기하도록 허락해주시길. 어느 화창한 여름날 홀로 산비탈을 걷고 있으려니 별안간 머릿속에 시 한 줄이—

* 앨프리드 테니슨(1809~1892)의 「—에게: 생애와 편지를 읽고To---: After Reading A Life and Letters」의 한 구절이다. 제목에서 언급되는 '생애와 편지'는 『키츠의 편지와 문학적 유산』(1848)을 가리키며, 테니슨이 호명하는 이는 동생 찰스였다고도 하고, 구체적인 인물이 아닌 상상 속의 대상이라고도 한다.

단 한 줄이—떠올랐다. "보다시피 그 스나크는 부줌이었으니." 그때 나는 그게 무슨 뜻이었는지 몰랐다. 지금도 그게 무슨 뜻인지 모른다. 하지만 나는 그것을 적어두었고, 얼마간 시간이 흘러 그 문장을 마지막 행으로 하는 스탠자의 나머지 부분이 떠올랐다.* 그리고 차츰, 다음 일이 년 동안 이따금씩 시의 나머지 부분이 저절로 꿰맞춰지며 그 부분이 시의 마지막 스탠자가 되었다. 이후 주기적으로 낯선 이들이 내게 정중한 편지를 보내 『스나크 사냥』이 우화인지, 어떤 숨은 교훈을 담고 있는지, 정치적 풍자인지 알려달라고 청했다. 그런 모든 질문에 대해 내가 할 수 있는 답은 "나도 모릅니다!"뿐이다. 이제 본론으로 돌아가 더이상 방황하지 않겠다.

그러니 어둑한 과거에서 나와 다가오라, 내 꿈의 아이 앨리스여. 그대를 태어나게 한 '황금빛 오후'로부터 여러 해가 지났건만 나는 바로 어제였던 것처럼 생생히 기억할 수 있다. 머리 위 구름 한 점 없는 푸름, 그 아래의 거울 같은 물, 유유히 흘러가는 보트, 나른하게 앞뒤로 흔들리는 노에서 뚝뚝 듣는 물방울, 그리고 (온통 잠든 듯한 풍경 속에서 단 한 줄기 생기 넘치는 빛이었던) 열렬한 세 얼굴은 동화나라 소식에 굶주렸고 "안 돼"라는 말은 통하지 않았다. 그들의 입술에서 나오는

---

* 스탠자는 일반적으로 4행으로 이루어진 시의 기초 단위를 가리키며, 난센스로 이뤄진 장시 『스나크 사냥』에 나오는 해당 스탠자는 다음과 같다.

그가 하려던 말이 여전히 맴도는 중에
그의 웃음과 환희가 여전히 감도는 중에
살며시 갑작스레 그는 사라졌다.
보다시피 그 스나크는 부줌이었으니.

"이야기를 들려주세요"는 운명처럼 완고하고 거역할 수 없었다!

꿈의 앨리스, 그대의 수양아버지 눈에 그대는 어떻게 비칠까? 그는 그대를 어떻게 그려야 할까? 일단 사랑이 가득하고 온화하다. 개처럼 사랑이 넘치고(멋없는 비유를 용서하시길, 하지만 이 세상에 그처럼 순수하고 완벽한 사랑을 나는 달리 모른다), 아기사슴처럼 온화하다. 그리고 공손하다. 누구에게나, 지위가 높건 낮건, 상대가 위엄 있건 기이하건, 왕이건 쐐기벌레건, 설령 자신이 왕의 딸이고 금실로 짠 옷을 입고 있을지라도 공손하다. 또한 잘 믿는다. 터무니없이 불가능한 일들조차 몽상가들만이 아는 전적인 믿음으로 선뜻 받아들인다. 그리고 마지막으로, 호기심이 많다. 대단히 호기심 많고, 어린 시절의 행복한 시간에만 찾아오는 열렬한 생의 즐거움에 차 있다. 모든 것이 새롭고 흠 없으며, 죄와 슬픔은 그저 이름뿐인 아무 뜻 없는 텅 빈 단어인 시절!

그리고 흰토끼는 어떤가? 흰토끼는 '앨리스'와 비슷한 방향으로 윤곽이 잡혔는가, 아니면 대조를 보일 의도였는가? 뚜렷이 대조로서다. 앨리스의 '젊음' '대담함' '활기' '신속하고 명쾌하게 목적으로 들어감'에 '나이듦' '소심함' '허약함' '불안하게 머뭇거리기'를 대입하면 내가 의도했던 흰토끼의 모습을 그릴 수 있을 것이다. 내 생각에 흰토끼는 안경을 써야 할 것 같다. 그의 목소리는 떨리고, 무릎은 후들거리고, 전체적으로 거위 한 마리 쫓아내는 일조차 버거워할 분위기일 게 틀림없다!

하지만 아무리 정중한 〈시어터〉의 편집장이라 해도 내 인형들을 하나하나 논하려면 필요한 지면의 반조차(독자의 인내심이 견뎌준다 해도) 허락받길 바라기 힘들 것이다. 두 책에서 여왕 삼인방을 골라 살펴

보자. 하트의 여왕, 붉은 여왕, 하얀 여왕이다. 그토록 간결한 수준에서 세 여왕에 대해 노래하며, 그러면서도 각자에게 저마다의 개성을 부여하길 기대하는 건 확실히 나의 뮤즈에게 벅찬 일이었다. 물론 각자 나름의 별난 점을 보이면서도 어떤 여왕다운 위엄은 갖추어야 했다. 그 점은 필수적이었다. 그리고 저마다의 특성으로는, 하트의 여왕은 억누를 수 없는 격정의 화신, 맹목적이고 목적 없는 복수의 여신으로 상상했다. 붉은 여왕은 냉정하고 침착할 게 분명하다. 격식을 차리고 엄격하지만, 박정하게 굴지는 않는다. 지극히 세세하게 규칙을 따지고 들며, 모든 가정교사의 응축된 정수와도 같다! 마지막으로, 내가 상상하는 하얀 여왕은 온화하고, 멍청하고, 뚱뚱하고 창백하다. 어린아이처럼 무력하다. 그리고 느릿하고, 두서없이 지껄이고, 어리둥절한 분위기가 감돌아 저능함을 살짝 내비치지만, 완전히 그쪽으로 기울어서는 안 된다. 그렇다면 하얀 여왕이 자아낼 희극적 효과가 치명적으로 훼손될 것이다. 윌키 콜린스의 소설 『이름 없는 여자』에 기묘하리만치 하얀 여왕과 닮은 인물이 나온다. 한 곳에서 만나는 두 갈래 길을 통해 우리는 어찌어찌 동일한 이상에 도달했으며, 래지 부인과 하얀 여왕은 쌍둥이 자매였을 수 있다.

이 글을 쓰는 목적에 이 '꿈 연극'이 대성공을 거두기까지 너무나 열정적으로 분투해준 이들 중 누구 하나라도 흠을 잡으려는 의도는 없기에, 내가 봤을 때 이야기의 등장인물을 특히 탁월하게 구현한 두세 명의 이름만을 거론하겠다.

시드니 하코트가 맡은 두 역 '모자쟁이'와 '트위들덤'만큼 뛰어나게 표현된 인물은 없는 것 같다. 그가 하는 모자쟁이 연기를 보고 있자니 어젯밤 꿈에서 본 기괴한 괴물이 밝은 대낮에 방으로 걸어들어와 차분하게 "안녕하세요!"라고 인사하는 듯한 기묘하고 으스스한 기분이 들었다. 내가 모자쟁이를 어떻게 그려내려 했는지는 설명할 필요도 없다. 내가 기억하는 한, 하코트 씨가 만들어낸 모습 그대로였으니 말이다. 트위들덤에 대해서도 거의 같은 말을 할 수 있겠다. 하지만 모자쟁이가 가장 놀라웠는데, 아마 그가 연극에 먼저 등장했기 때문이리라.

다른 이들도 비슷한 정도로 내 아이디어들을 잘 실현해주었지만, 내가 철저한 평론을 쓰려는 것은 아니므로, '앨리스'와 '겨울잠쥐'를 연기한 두 아역배우에 대해 몇 마디 언급하는 것으로 마무리해야겠다.

피비 카를로의 연기는 아무리 칭찬해도 지나치지 않을 것이다. 단순히 암기하는 데 드는 노력만 봐도, 그처럼 어린 나이에 족히 215개는 되는 대사를 외웠다는 건 정말이지 놀라운 재주다. 〈헛소동〉 속 베아트리체 대사의 세 배는 되는 양이다. 하지만 내 이상적인 여주인공을 너무도 근접하게 구현해내면서 내가 가장 감탄한 면은, 그녀가 휴일 나들이를 나온 어린아이의 신난 기분과 무엇이든 기꺼이 즐기고자 하는 태도를 완벽하게 취했다는 것이다. 아무리 노련한 성인 여배우라도 이러한 태도를 완벽하게 그려냈을 이가 있을지 의문이다. 우리는 앞과 뒤를 둘러보고, 없는 것을 아쉬워하며 한숨짓는다. 어린아이는 결코 그러지 않는다. 그리고 오직 어린아이만이 가엾은 마거릿 풀러 오솔리*가 그토록 자기 것이길 염원했던, "나는 지금 완전히 행복하다!"라는 말을 진정 마음에서 우러나와 할 수 있다.

---

* 1810~1850년. 미국의 저널리스트, 편집자, 비평가, 여성 인권운동가. 그녀의 시 중 "단 한 번이라도 내가 지금 완전히 행복하다고 뚜렷이 느끼게 해다오"라는 구절이 있다.

그리고 마지막으로 (이번에는 으레 따라붙는 '하지만 결코 사소하지 않은'이라는 전통적인 표현을 생략해야 할 것 같다.* 이보다 자그마한 아가씨가 이처럼 진정한 연극적 성공을 거둔 사례는 없었을 테니까.) 우리의 앙증맞은 겨울잠쥐가 있다. '앙증맞은'이야말로 그녀에게 딱 들어맞는 형용사 같다. 환히 빛나는 앳된 얼굴, 기분좋게 낭랑한 대사, 완벽한 리얼리즘으로 잠의 정수를 구현해낸 그녀는 "나는 숨쉴 때 잠자!"라고 말한 가장 앙증맞은 겨울잠쥐가 틀림없다. 그 첫 대사의 첫마디가 들리자마자 극장에는 별안간 침묵이 내려앉았고(적어도 내가 극장을 찾았을 때는 매번 그랬다) 정적 속에서 어린애 말투는 이상할 정도로 또렷하게 울렸다. 그러나 그 매력이 오직 예리하게 명확한 발성에서만 오는 것 같진 않다. 그녀가 연기에서 보여준 완전한 몰입과 성실한 철두철미함에서 나는 훨씬 더한 매력을 느꼈다. 도러시에게 모토가 있다면, 그건 '철저함'일 것이다. 언젠가 그녀가 '겨울잠쥐'보다 더 좋은 배역을 맡아 연기하는 날이 하루빨리 오길 바란다. 어느 기획사 매니저가 〈한여름밤의 꿈〉을 재공연하면서 '퍽' 역할을 도러시 댈코트에게 맡겨 관객에게 마땅히 의무를 다할 날이 오기를!

일부 성직자가 이 어린이에게 발음 수업을 받는다면 교회측에 참으로 이로울 것이다. 그리고 우리가 그녀에게 배울 수 있는 몇 가지를 마음에 새기고, 그녀를 본받아 언젠가 내가 오래된 책에서 발견한 "네 손이 일을 얻는 대로 힘을 다하여 할지어다"**라는 격언의 정신을 지금보

---

* 영어의 관용구인 'last but not least(마지막으로 언급하지만 중요성은 앞서 언급한 것들에 뒤지지 않는)'에서 'least'의 '가장 작은'이라는 뜻을 배우와 연결한 말장난이다.

** 「전도서」 9장 10절.

다 더 낫게 실천하는 법을 배운다면, '우리의 고귀한 자아'에 한층 더 이로울 것이다.

### 2. 더크워스 목사가 캐럴의 전기 작가 콜링우드에게 보낸 편지*

삼십오 년 전 옥스퍼드의 학생 개별지도 교사로 있던 시절, 나는 C. L. 도지슨 목사로부터 짧은 편지들을 자주 받았는데 안타깝게도 그 편지들은 모두 파기되었습니다. 그리고 1866년 옥스퍼드를 떠난 후로는 그와 거의 연락을 주고받지 않았지요.

『이상한 나라의 앨리스』의 탄생과 출판 과정에서 나는 그와 매우 긴밀히 연관되어 있었습니다. 리들 세 자매를 태우고 고드스토로 갔던 그 유명한 여름방학 중 뱃놀이 때, 나는 배 뒤편에서, 그는 뱃머리에서 노를 젓고 있었고, 내 어깨 너머로 실제로 우리 보트의 '키잡이' 노릇을 하던 앨리스 리들을 위해 지어낸 이야기가 들려왔습니다. 내가 뒤를 돌아보며 말했던 게 기억나는군요. "도지슨, 자네가 즉흥적으로 지어낸 이야기인가?" 그리고 그가 답했지요. "그래, 이어지는 대로 지어내고 있네." 그리고 또 세 아이를 학장 관사에 데려다주었을 때, 앨리스가 작별 인사를 하면서 이렇게 말했던 것도 기억납니다. "오, 도지슨 선생님, 절

* Ed. Stuart Dodgson Collingwood, *The Lewis Carroll picture book; a selection from the unpublished writings and drawings of Lewis Carroll, together with reprints from scarce and unacknowledged work,* London: T. Fisher Unwin, 1899. (https://archive.org/details/lewiscarrollpict00carruoft)

위해 앨리스의 모험을 글로 써주시면 좋겠어요." 그는 해보겠다고 했고, 나중에 나한테 말하길, 그날 오후를 즐겁게 해주던 농담 이야기들을 기억해내 자필로 책을 쓰는 데 몰두하느라 거의 밤을 새웠다고 하더군요. 그는 직접 삽화를 그려 추가했고, 그 책을 선물했는데, 학장 관저의 응접실 테이블에서 종종 그 책이 보였습니다.

어느 날 헨리 킹슬리가 학장을 찾아왔다가 수고본을 집어들고 대단히 즐거워하며 끝까지 읽고는, 리들 부인에게 저자를 설득해 출판을 권하라고 강권했습니다. 그 말을 듣고 도지슨은 내게 편지로, 와서 '앨리스의 모험'을 읽어보고 출판할 가치가 있는지 솔직한 의견을 들려달라고 청하더군요. 본인으로서는 그리 확신이 들지 않았고 금전적 손해를 감당할 순 없었기 때문이었죠. 나는 그에게 존 테니얼에게 삽화를 맡길 수 있다면 책은 성공을 거둘 게 확실하다고 장담했고, 그는 내 제안에 따라 원고를 테니얼에게 보냈으며, 테니얼은 곧 열렬한 찬사조의 답장을 보내와 그처럼 멋진 이야기의 삽화를 맡게 된다면 기쁠 것이라 알렸습니다. 도지슨은 테니얼의 그림이 한 묶음 도착할 때마다 나한테 함께 식사도 하고 식사 후에는 지금은 전 세계가 너무나 잘 아는 그 그림들을 한껏 즐기자며 초대 쪽지를 보내곤 했어요.

'모험' 속에서 나는 '오리'로 나오고, (지금의 스킨 부인) 로리나 리들은 '로리앵무' 혹은 앵무새, (지금은 세상에 없는) 이디스 리들은 '독수리'입니다.

도지슨이 책 출판으로 유명해지기 이전과 이후에 내게 썼던 흥미로운 편지들을 좀 보관해둘 걸 그랬습니다. 하지만 그 당시에는 그의 이름이 관심 대상이 될 거라곤 예상도 못했답니다.

## 3. 캐럴의 전기에 실린 앨리스 하그리브스의 회상*

도지슨 선생님의 이야기는 대부분 옥스퍼드 근처 뉴넘이나 고드스토로 강 따라 여행하면서 들었어요. 지금은 스킨 부인이 된 맏언니가 프리마, 내가 세쿤다였고, 내 동생 이디스가 테르티아였습니다. "앨리스"의 처음을 들은 때는, 어느 여름날 오후로 기억합니다. 햇볕이 너무나 뜨겁게 내리쬐어 우리는 강가 목초지에 내렸고, 보트를 놔두고 유일하게 그늘진 곳이던 새로 쌓인 건초더미 아래서 햇볕을 피하고 있었지요. 거기서 우리 셋 모두 늘 그랬듯 선생님한테 "이야기 좀 들려주세

---

* Stuart Dodgson Collingwood, *The Life and Letters of Lewis Carroll (Rev. C. L. Dodgson)*, New York: The Cetury Co., 1898.(https://www.gutenberg.org/files/11483/11483-h/11483-h.htm) 이 글 외에도 앨리스 하그리브스(앨리스 리들의 결혼 후 성)는 '황금빛 오후'로부터 칠십여 년이 지난 시점에서 다시 한번 그날을 회상하는데, 아들 캐릴 하그리브스가 어머니의 이야기를 바탕으로 쓴 기사가 〈콘힐 매거진〉 1932년 7월호에 실렸다. 상당한 시간 간격을 두고 있는 두 회상을 비교해볼 수 있도록 '앨리스' 이야기의 탄생에 직접 관련된 부분만 짧게 인용한다.

"『땅속 나라의 앨리스』 이야기 대부분은 그 타오르는 듯한 여름날 오후에 들었습니다. 아지랑이 같은 열기가 목초지에서 피어오르고 있었고, 고드스토 근처에서 일행은 건초더미 그늘에서 잠시 더위를 피하려고 배에서 내렸지요. 그날 오후 선생님이 들려주던 이야기는 평소보다 더 좋았던 게 분명합니다. 그날의 소풍이 생생히 기억나기도 하고, 또 다음날에 저를 위해 그 이야기를 글로 써달라고 조르기 시작했는데, 전에는 한 번도 그런 적이 없었거든요. 처음에는 생각해본다고 하셨다가, 결국 마지못해 약속을 하고 선생님께서 글쓰기를 시작한 것은, 오로지 저의 계속되는 끈질긴 간청 때문이었죠. 선생님은 이 사실을 1883년에 쓴 한 편지에서 언급했는데, 저에 대해 "그 아이의 어린아이다운 후원이 없었다면 나는 아마 아예 쓰지도 않았을 것"이라고 썼습니다. 제가 정말이지 끈질기게 귀찮게 굴었던 게 틀림없어요! 하지만 지금은 그랬던 게 다행입니다. 도지슨 선생님도 훗날 그렇게 여기셨고요."(Ed. Morton N. Cohen, *Lewis Carroll: Interviews and Recollections*, University of Iowa Press, 1989. 86쪽에서 재인용.)

요." 하고 졸랐고, 그렇게 언제나처럼 즐거운 이야기가 시작됐어요. 어떤 때 도지슨 선생님은 우리를 놀리려고—어쩌면 정말로 지쳐서였겠지만—갑자기 말을 멈추고 "얘기는 여기까지, 다음번에 계속하자"라고 했습니다. "아, 지금이 다음번이에요." 우리 셋은 이렇게 외치곤 했죠. 그리고 얼마간 졸라댄 끝에 이야기는 다시 시작되곤 했고요. 또 어떤 때는 배에서 이야기가 시작된 적도 있고, 도지슨 선생님이 조마조마한 모험 이야기를 한창 하던 중 깊이 잠든 척해서 우리를 몹시 실망시켰던 적도 있답니다.

# 기발한 언어 나라의 꿈 - 어른 캐럴

## 들어가는 글

『주석 달린 앨리스*The Annotated Alice*』의 1960년판 서문에서, 마틴 가드너Martin Gardner는 "'주석이 붙은 앨리스'에는 어딘가 터무니없는 구석이 있다는 점을 우선 짚고 들어가야겠다"는 말로 글을 시작한다. 수학과 퍼즐 전문가이자 루이스 캐럴에 대한 최고의 전문가로 손꼽히는 마틴 가드너가 현대 독자들의 이해를 돕기 위해 『이상한 나라의 앨리스』와 『거울 나라의 앨리스』에 대한 각종 자료를 수집하여 상세한 주석을 단 책을 내놓으면서 이런 변명조로 서문을 시작하는 것은, 『이상한 나라의 앨리스』와 『거울 나라의 앨리스』가 정밀한 분석과 연구 대상이 아닌 어린이다운 꿈과 환상, 기발한 장난과 유머 가득한 즐거운 이야기로 쓰였다는 사실을 누구보다 잘 알고 있었기 때문이다.

『이상한 나라의 앨리스』 번역에 붙여 해설을 쓰게 된 옮긴이로서, 나의 심정도 그와 크게 다르지 않다. 독자가 가능하면 즐겁고 재미있게 읽어주었으면 하는 책을 옮긴 후에 (마틴 가드너처럼 평생 루이스 캐럴 연구에 몰두한 전문가도 아니면서) 해설을 덧붙이자니, 뭔가 좀 어긋난 일처럼 몸 둘 바를 모르겠다. 주요 흐름을 짚으며 등장인물이 구현하는 사상이나 행동 뒤편의 심리를 한층 깊이 이해할 수 있도록 대략적인 길잡이 역할을 하는 것이 일반적인 문학작품의 해설이라면, '난센스'를 주축으로 하여, 마치 꿈속에서 앞뒤가 맞지 않는 일들을 당연히 받아들이게 되듯 환상적이고 조리가 닿지 않는 장면들이 이어지는 이 책에는 그런 식의 해설이 들어맞지 않아 보여서다. 게다가 1865년 출간된 이후 책은 물론 연극, 만화, 애니메이션, 실사영화 등 다양한 매체로 변주되며 사랑받아왔기에, 사실 앨리스를 비롯해 작품 속 주요 등장인물과 줄거리에 대해 어느 정도 배경지식을 갖추지 않은 독자가 오히려 드물 것이다. 게다가 앨리스의 모험과 이상한 나라에서 만나는 갖가지 별난 친구들과 관련해서는 기상천외할 정도로 다양한 관점에서 (신화적 역사적 철학적 프로이트적……) 그 상징과 의미가 분석된 바 있다. 작품에서 드러나는 빅토리아시대의 사회문화적 정황에 초점을 맞추는 연구가 있는가 하면, 순수한 어린 시절에 대한 동경과 향수에 빛을 비춘 연구, 앨리스를 당혹스럽게 하는 대화에서 나타나는 언어적 혹은 수학적 논리를 분석한 연구, 심지어 사회계급적인 관점에서 바라본 연구까지, 연구자가 마음을 둔 주제가 무엇인지에 따라 읽어내는 방식은 각양각색이다. 이는 『이상한 나라의 앨리스』가 그만큼 다양한 해석을 가능하게 하는, 수수께끼 가득한 풍성한 텍스트라는 증거이나, 어떤 일관적인 줄기를 찾아내려 하거나 잘 정리된 새로운 지식을 얻고자(혹은 제시하고자) 하는 이에게 그 과제는 감당하기 어려울 만큼, 심지어 독서의 즐거움을 망칠 만큼 버거울 수 있다.

본질적으로 『이상한 나라의 앨리스』는 루이스 캐럴이 이야기 속 앨리스의 모델인 어린 친구에게 들려줄 목적으로 농담과 말장난을 가득 엮어 만들어낸 이야기지만, 마틴 가드너가 같은 글에서 말하듯, "어디가 우스운지 모르면 어떤 농담도 우습지 않고, 때로는 그 지점을 설명해줘야 할 때도 있다." 또한 시대라는 벽만이 아니라 언어라는 또하나의 벽을 넘어 이 책과 만나야 하는 독자들에게는 그러한 지점들에 대한 설명이 더더욱 필요할 것이다. 그렇기에 번역의 불충분함 때문에, 혹은 어쩔 수 없는 한계 때문에, 독자들이 온전히 즐기지 못할 우려가 있는 부분에 대해 미숙하게나마 보충을 시도하고자 한다.

## 저자와 작품의 탄생 배경에 대하여

루이스 캐럴(본명은 찰스 럿위지 도지슨)은 1832년 잉글랜드 체셔 데어즈버리에서 열한 명의 자녀 중 셋째이자 장남으로 태어났다. 도지슨의 집안은 전통적으로 고교회파* 성향이었고 군 장교와 성직자를 여럿 배출했는데(그 역시 1861년 부제서품을 받는다), 역시 찰스 도지슨

* high church. 영국 국교회에서 교회의 권위와 예식 등을 중시하는 교파.

이라는 이름이었던 그의 아버지 또한 옥스퍼드 크라이스트처치 칼리지에서 고전학과 수학에서 일등으로 졸업하는 빛나는 성과를 거둔 후 성직을 택해, 사촌 프랜시스 제인 럿위지와 결혼해 시골 교구인 데어즈버리에 부목사로 정착했다. 찰스 럿위지 도지슨의 유년 시절은 빅토리아시대의 전형적인 이상적 어머니상이었던 다정한 어머니로부터 교육받으며 여러 형제자매와 사이좋게 어울려 지낸 목가적 나날, 그리고 지적이고 보수적이며 고교회파 규율을 엄격하게 준수했던 아버지의 영향이 어우러져 있었다. 형제자매들은 평생 가까이 지내며 친밀한 사이를 유지했고, 훗날 부모님이 사망한 이후 도지슨은 가장 역할을 하며 결혼하지 않은 누이들을 돌보는 역할도 했다. 한편 도지슨에게는 말을 더듬는 장애가 있었고(코커스 경주에 나오는 '도도'는 이름 첫음절을 '도-도-도지슨'이라고 더듬으며 말했던 자신을 상징한다), 일곱 누이 중 여섯에게도 정도의 차이는 있지만 비슷한 증상이 있었다. 수줍음 많고 사교적인 자리를 어색해하던 성격, 그리고 음운의 반복이나 두운 맞추기를 비롯한 각종 언어유희에 천착하는 성향은 이런 특성에 영향을 받았을 수 있다.

1844년 열두 살의 도지슨은 리치먼드그래머스쿨에 들어가 당시 관습대로 기숙생 생활을 하게 되었고, 1846년에는 명망 높은 사립학교인 럭비스쿨에 들어갔는데, 남학생들만 있고 운동과 거친 장난을 중시하는 당시 전형적인 사립학교의 분위기는 그에게 맞지 않았다. 학업 성적은 우수했으나 도지슨은 일기에서 학창 시절을 즐겁게 되돌아본다고 말할 수는 없고, 다시는 그 시절을 겪고 싶지 않다고 썼다. 엄격한 학교생활에서 벗어나 방학을 집에서 보내는 동안, 그는 동생들을 즐겁게 해주기 위해 패러디, 난센스, 농담, 풍자가 가득한 유쾌한 글들을 모은 가족 잡지들을 직접 글을 쓰고 그림을 그려 만들곤 했다. 『이상한 나라의 앨리스』와 『거울 나라의 앨리스』에 등장하는 다양한 패러디 시나 엉뚱한 난센스, 풍자적 농담은 이 시기의 창작 활동에서부터 비롯되었다고 할 수 있다.

1851년 청년 도지슨은 옥스퍼드 크라이스트처치 칼리지 기숙사에 들어갔고, 1854년 수학 졸업시험에서 1등 성적을 거두며 학사학위를 받았다. 이후 이십오 년에 걸쳐 그는 크라이스트처치에서 수학 교수로서의 이력을 밟으며, 이야기 속 앨리스의 모델 앨리스 리들과 만나는 것 역시 그곳에서다.

1856년, 전임 학장의 사망으로 헨리 조지 리들*이 크라이스트처치의 새 학장으로 부임하며 도지슨은 리들 학장의 네 자녀(맏아들 해리, 세 자매인 로리나, 앨리스, 이디스)와 친구가 된다. 당시 신기술 매체인 사진에 심취해 있던 도지슨은 종종 아이들의 사진을 찍거나 아이들을 데리고 소풍을 가며 학장 가족의 가까운 벗이 되었다. 또한 같은 해에 〈트레인*The Train*〉지에 「고독Solitude」이라는 시를 발표하며 '루이스 캐럴'이라는 필명을 처음으로 사용하는데, 이는 '찰스 럿위지'라는 이름을 다양하게 변형하고 철자를 뒤섞어 만든 여러 이름 후보 중 하나였다.

『이상한 나라의 앨리스』가 탄생한 그 특별한 날의 소풍에 대해, 캐럴의 일기에는 이렇게 간략히 적혀 있다.

---

* 당대 옥스퍼드 학생들은 학장의 이름을 소재로 지은 2행시에서 Liddell과 fiddle을 짝지어 운을 맞췄고, 캐럴은 세 자매의 이름을 종종 little과 운을 맞춰 글을 짓기도 했다.

(1862년) 7월 4일(금) 앳킨슨이 내 방에 피터스 부인과 피터스 양이라는 자기 친구들을 데려와, 나는 그들의 사진을 찍었고 그들은 내 앨범을 구경하고는 점심을 함께 들었다. 그런 다음 그들은 박물관에 갔고, 더크워스와 나는 리들 세 자매와 함께 강을 타고 올라 고드스토까지 소풍을 다녀왔다. 그곳 강둑에서 차를 마셨고 여덟시 십오분이 되어서야 크라이스트처치에 돌아와, 아이들을 내 방으로 데려와 축소 사진 컬렉션을 보여준 다음 아홉시 직전에 학장 관사에 데려다주었다.*

그리고 훗날 여기에 추가하여 적은 다음과 같은 내용이 있는데, 처음 구상했던 '땅속 나라에서의 앨리스의 모험Alice's Adventures Under Ground'에서 지금 우리가 아는 '이상한 나라에서의 앨리스의 모험Alice's Adventures in Wonderland'(정식 제목은 이쪽이지만, 우리나라에서도 그렇듯 영어로도 '이상한 나라의 앨리스Alice in Wonderland'로 흔히 통한다)이 되기까지 제목에 대한 고민이 엿보인다.

이때 아이들에게 "땅속 나라에서의 앨리스의 모험"이라는 동화를 들려주었고, 앨리스를 위해 글로 쓰기로 했으며, 이제 (본문은) 끝마쳤지만 그림은 마무리되려면 아직 멀었다. _1863년 2월 10일

---

* 이 문학적으로 기념할 만한 날의 일기는 영국 국립도서관의 디지털 아카이브에서 작가의 친필로 볼 수 있다.(https://www.bl.uk/collection-items/vol-iv-of-lewis-carrolls-diaries)

아직도 완성되지 않았다. _1864년 3월 12일
"요정 나라에서의 앨리스의 시간" _1864년 6월 9일
"이상한 나라에서의 앨리스의 모험?" _1864년 6월 28일

캐럴의 일기 쓰는 습관, 그리고 캐럴의 조카이자 전기 작가인 스튜어트 도지슨 콜링우드가 전기를 집필하며 수집한 관련 인물들의 회상 덕에, 우리는 캐럴이 책의 서시에서 말한, 앨리스 이야기가 탄생한 그 '황금빛 오후'를 대략 짐작해볼 수 있다. 앞의 부록에서 보다시피 캐럴, 더크워스 목사, 앨리스 리들의 기억은 세부적인 면에서는 차이가 있으나, 여름날 유유히 보트를 저어 물 위를 흘러가던 뱃놀이에서 리들 세 자매의 청에 못 이겨 캐럴이 즉흥적으로 이야기를 지어냈으며, 그 이야기를 글로 써달라는 앨리스 리들의 간곡한 청이 직접 손으로 글씨를 쓰고 그림을 그린 『땅속 나라의 앨리스』라는 책의 형태로 이어졌고, 나아가 정식 출판을 목적으로 대폭 수정과 추가를 거치고 존 테니얼의 삽화를 곁들인 결과물이 『이상한 나라의 앨리스』임을 알 수 있다. 완벽주의적인 성향의 캐럴은 그림이 글의 내용을 정확히 반영하도록 제작 과정에 일일이 관여하며 꼼꼼히 신경을 썼고, 1865년 7월 마침내 초판이 나오지만 테니얼이 삽화의 인쇄 상태가 몹시 실망스럽다는 의견을 표하면서 초판은 회수되었고(몇 부 남은 이 '진짜 초판'은 오늘날 대단히 귀중한 희귀본이 되었다) 11월 재판이 나와 시중에 유통된다.

『이상한 나라의 앨리스』의 호평과 엄청난 대중적 인기로, 조용한 성격의 수학 교수이던 찰스 럿위지 도지슨은 작가 루이스 캐럴로 일약 유명인이 되며, 1869년에는 『이상한 나라의 앨리스』가 프랑스어와 독

일어로 번역된다. 캐럴은 1860년대 말 『이상한 나라의 앨리스』의 속편을 계획하기 시작했고, 거울과 체스를 테마로 한 『거울 나라의 앨리스』(정식 제목은 『거울 너머, 그리고 앨리스가 거기서 발견한 것*Through the Looking-Glass, and What Alice Found There*』)를 1871년 출간해 역시나 큰 성공을 거두었다. 그 밖에도 난센스로 이뤄진 장시 「스나크 사냥」(1876), 소설 『실비와 브루노』(1889) 등을 펴냈다.

캐럴 연구자들이 그의 생애와 두 편의 '앨리스'를 논하면서 가장 조심스러워하는 부분은 그가 앨리스 리들에게 품었던 감정이 어떤 성격이었냐는 것이다. 앨리스를 향한 마음이 특별히 예뻐하는 어린 친구에 대한 애정이었는지, 아니면 그 이상의 감정이었는지는 많은 연구자가 흥미롭게 파고들거나 교묘하게 감추려 드는 지점이다(캐럴의 일기에서 리들가家, 특히 앨리스 리들과 가까이 지내던 시절에 해당하는 두 권은 사라졌는데, 분실되었다는 설과 가족들이 파기했다는 설이 있다. 확실한 것은 캐럴의 조카 콜링우드가 쓴 전기에는 사라진 권에 해당하는 일기도 인용되었다는 점이다). 그러나 실제 앨리스 리들을 향한 감정이 어땠든, 「무대 위의 앨리스」에서 이야기 속 앨리스를 그 '황금빛 오후'에 태어난 '꿈의 아이'라고 칭하고, 어린 시절만이 지닌 아름답고 사랑스러운 특성을 부여함으로써 캐럴은 책 속의 앨리스가 한 특정한 소녀가 아닌 어린이다운 환상과 웃음과 꿈을 대표하는 존재임을 확실히 하고 있다. 출판 당시에도, 오늘날까지도 많은 어린이와 어른들이 이 책에 열광하는 이유도 거기에 있을 것이다.

## 말장난과 번역에 대하여

번역자로서 목소리를 낼 수 있는 지면이 주어지는 감사한 때라도, 번역의 구체적인 과정이나 고민을 자세히 풀어놓는 일은 가능한 한 삼가려 해왔다. 좋은 번역이라면 구구절절한 설명 없이 번역 그 자체로 독자에게 가닿아야 하며, 내용 이해를 위해 불가피한 주석 외의 지나친 사족은 군더더기에 불과하기 때문이다. 그러나 이 책의 경우, 작품 자체의 특성상 말 그대로 원문이 언어 구조 자체에 깊이 뿌리를 내리고 있어 번역을 가장 어렵게 하는 '말장난'이 가득하다는 점에서, 그리고 이미 여러 번 독자와 만난 적 있는 작품을 '다시' 번역한다는 특수한 기회라는 점에서, 잠시 언급하고 넘어가야 할 것 같다.

『이상한 나라의 앨리스』는 지금껏 174개의 언어로 번역되었다. 국립중앙도서관 사이트 검색 결과로 짐작할 수 있는 국내 기출간된 『이상한 나라의 앨리스』 종수는 놀랍게도 그 수를 훌쩍 뛰어넘으며, 어린이용으로 짧게 각색된 책이나 만화, 그림책 등을 제외하더라도 이미 여러 차례 번역되고 재번역되었음을 알 수 있다.

온갖 기발한 언어유희가 가득한 이 책을 번역한다는 것은, 번역가로서 한편으로는 다시없을 기회이며, 다른 한편으로는 함정과 장애물이 가득한 도전 과제이기도 하다. 무엇보다 초역이 아님은 물론이거니와 이미 선배 번역가들의 뛰어난 번역이 여럿 나온 책을 다시 옮기는 작업을, 어떻게 해야 의미 없는 반복이 아니도록 할 수 있으며 어떤 차별성을 드러낼 수 있을지가 가장 먼저 든 고민이었다. 그런가 하면, 기출간된 다양한 성의 있는 번역본들을 읽고 비교하고 참고할 수 있다는 점은 더할 나위 없는 유리함이자 든든한 힘이기도 했다.

언어유희를 앞에 두고 번역가가 할 수 있는 선택은 크게 두 갈래다. 우선 원문의 단어가 지닌 의미를 충실히 전달하고, 이러이러한 부분이 언어유희를 이루고 있음을 주석의 형태로 알리는 방법이 있다. 또한 언어유희가 우리말로 읽어도 독자를 즐겁게 하는 '유희'일 수 있도록 의미가 아닌 다른 것, 소리나 구조를 옮기는 데 초점을 맞출 수도 있다. 이는 결코 쉬운 선택이 아니다. 선택하지 않은 부분을 놓친다는 점에서 독자에 대한 기만이 될 수도 있고, 때로는 의미와 구조 혹은 형태가 너무나 밀접하게 달라붙어 있어 선택 자체가 불가능해 보인다.

여기 새롭게 『이상한 나라의 앨리스』를 선보이면서, 번역가로서 가능한 한 언어유희를 원문 그대로 '설명'하기보다는 번역과 일대일로 대응하지 않더라도 그것을 통한 농담이나 논리가 최대한 번역문 안에서 독자에게 통할 수 있도록 옮기는 데 초점을 맞췄다. 혹시라도 독자가 눈이 가려졌다고 느끼는 일이 없도록 주석을 통해 원문의 표현을 밝혀 두긴 했다. 그러나 주석을 참고하지 않아도 어리둥절해지는 일 없이 읽을 수 있는 책이 되는 것이 애초의 목적이자 다짐이었다. 수많은 말장난의 꽃밭 중 몇 군데에서만이라도 이러한 의도가 잘 전달되기를 바란다.

이러한 결정을 할 수 있었던 것은 이미 다양한 번역본이 있어 독자에게 선택의 기회가, 나아가 새로운 시도를 접해볼 여지가 있다고 여겨져서다. 또한 낯설고 비틀린 말장난을 옮기기 위해 우리말을 붙들고 틈새를 비집는 과정에서 새로운 발견을 할 수 있다고 믿고 있기 때문이기도 하다. 일일이 열거할 수 없으나 번역 과정에 많은 참고와 도움이 되었던, 앞서 『이상한 나라의 앨리스』를 번역했던 여러 선배 번역가에게 감사를 표한다. 마지막으로, 더없이 소중한 기회와 더불어 창의적인 제안을 해준 편집자에게 깊은 감사를 전한다.

김희진

| | |
|---|---|
| 1832년 | 1월 27일, 영국 체셔 데어즈버리 파슨에이지에서 찰스 도지슨과 어머니 제인 럿위지의 자식 일곱 명 중 셋째로 출생. 본명은 찰스 럿위지 도지슨Charles Lutwidge Dodgson. |
| 1843년 | 아버지의 발령으로 가족이 요크셔 크로프트 렉터리로 이사함. |
| 1844~1845년 | 8월 1일부터 공립학교 입학 준비차 리치먼드그래머스쿨에서 공부함. |
| 1846~1849년 | 1월 27일 유명한 공립학교였던 럭비스쿨에 입학함. |
| 1850년 | 5월 23일 옥스퍼드 크라이스트처치 칼리지에 입학함. |
| 1851년 | 1월 24일부터 (그가 죽기 전까지 살게 될) 크라이스트처치에 거주함. 1월 26일 어머니가 사망함. |
| 1854년 | 학사 학위를 받음. |
| 1855년 | 크라이스트처치에서 (1881년까지) 수학을 가르치기 시작함. 이 년간 이 대학의 부사서로 일함. 〈코믹 타임스〉에 몇몇 풍자시를 발표함. 변호사로 일하며 사진가로도 활동하던 삼촌 스케핑턴 럿위지를 통해 사진에 관심을 가짐. 런던 극장에 연극 연습차 정기적으로 드나들기 시작함. |
| 1856년 | 어머니와 자신의 이름에서 철자를 섞어 '루이스 캐럴'이라고 지은 필명으로 월간지 〈트레인〉에 시를 발표함. 만화 신문에도 이 이름으로 몇몇 풍자시를 발표함. 카메라 장치를 완비해 사진을 즐겨 찍음. 이때부터 보수적인 크라이스트처치에 부임한 개혁파 학장인 헨리 리들의 가족들과 곧잘 어 |

울렸고, 세 자매 중 둘째 앨리스 리들을 특히 좋아했다고 함.

1857년 석사학위를 취득함. 19세기를 대표하는 라파엘전파 화가 윌리엄 홀먼 헌트, 사회사상가이자 비평가 존 러스킨, 소설가 윌리엄 메이크피스 새커리를 만남. 시인 테니슨과 그의 가족을 방문해 사진을 찍기도 하는 등 사진활동을 적극적으로 해나가며 이 분야에 관한 글을 쓰기도 함.

1858년 런던사진협회의 50주년 전시회에 넉 점의 사진을 출품함.

1861년 12월 22일 옥스퍼드대학교의 윌버포스 주교로부터 부제서품을 받음.

1862년 7월 4일 앨리스 세 자매, 로빈슨 더크워스 목사와 함께, 보트를 타고 고드스토 쪽으로 가다가 자매들이 이야기를 해달라고 조르자 즉흥적으로 '땅속 나라에서의 앨리스의 모험'을 지어내 처음으로 들려주었다고 함. 이중 앨리스 리들이 글로 써달라고 하자 손수 그림까지 그려가며 작업을 시작함.

1863년 앨리스를 위한 크리스마스 선물로 『땅속 나라의 앨리스 *Alice's Adventures Under Ground*』를 완성함. 친구와 가족들이 출판을 독려함. 단테 가브리엘과 크리스티나 로세티를 만나 사진을 찍음.

1864년 존 테니얼이 삽화를 그리기로 승낙함. 오늘날의 제목으로 바꾸고 손을 보아 수고본과 함께 리들에게 선물함. 화가 존 에버렛 밀레이와 아서 휴스를 만남.

1865년 7월 『이상한 나라의 앨리스*Alice's Adventures in Wonderland*』가 맥밀런출판사에서 나옴. 인쇄 상태 불량으로 1쇄를 회수하나 시쇄본을 리들에게 보냄. 신판은 11월에 나오나 발행일은 이듬해인 1866년으로 됨.

1866년 『행렬식 요약*Condensation of Determinants*』 출간.

1867년 7월 13일부터 9월 14일까지 러시아 대륙을 여행함. 〈온트 주디스 매거진〉에 『실비와 브루노』의 핵심 이야기인 「브루노의 복수」를 기고함. 『거울 나라의 앨리스』 집필을 시작함. 『행렬식 기초 논문*An Elementary Treatise on Determinants*』 출간.

1868년 6월 21일 아버지 사망. 가족이 크로프트를 떠나 길퍼드로 이사함. 자신은 평생을 살게 될 크라이스트처치의 톰쿼드에 있는 새 방으로 이사함.

1869년 시집 『판타스마고리아 외*Phantasmagoria and Other Poems*』 출간.

1871년 크리스마스에 맞춰 12월에 『이상한 나라의 앨리스』의 속편 『거울 나라의 앨리스』 출간함. 발행일은 1872년으로 넘어감.

1874년 본명으로 몇몇 수학 서적을 출간하고, 여섯 편의 소책자 글을 묶어 익명으로 『한 옥스퍼드생의 수기*Notes by an Oxford Chiel*』 출간.

1876년 3월에 헨리 홀리데이 삽화가 들어간 장시 『스나크 사냥』 출간.

1879년 본명으로 『유클리드와 현대의 경쟁자들*Euclid and his Modern Rivals*』 출간.

1880년 자신의 취미였던 사진 찍는 일을 이유 없이 그만둠.

1881년 글쓰기에 좀더 매진하고자 학생 신분은 유지하되 수학 강사 생활은 그만둠.

1883년 오래전부터 써온 운문들을 묶어 『운율? 그리고 의미?*Rhyme? and Reason?*』 출간.

1885년 원래 〈먼슬리 패킷〉에 발표했다가 아서 B. 프로스트의 삽화를 넣어 단행본으로 『헝클어진 이야기*A Tangled Tale*』

출간.

1886년 『땅속 나라의 앨리스』 영인본 출간. 12월 23일 런던의 프린스오브웨일스시어터에서 새빌 클라크의 연출로 〈이상한 나라의 앨리스〉 공연. 옥스퍼드대 레이디마거릿홀에서 강연.

1887년 2월 『논리학 게임*The Game of Logic*』 출간. 잡지 〈시어터〉에 '무대 위의 앨리스' 발표.

1888년 본명으로 『수학적 호기심 I*Curiosa Mathematica, Part I*』 출간.

1889년 전해에 새빌 클라크 연출로 재공연 당시 앨리스를 연기한 이사 보먼에게 바치는 헌정시를 넣은 장편 『실비와 브루노*Sylvie and Bruno*』 출간.

1890년 『아동용 '앨리스'*The Nursery "Alice"*』 출간.

1893년 『실비와 브루노 완결판』 『수학적 호기심 II』 출간.

1896년 2월 21일 『기호논리학 1: 기초*Symbolic Logic, Part I: Elementary*』 출간(2권 고급 과정은 1976년에 처음으로 출간됨).

1898년 1월 『기호논리학』을 집필하던 중 기관지염이 악화되어 생을 마감함. 길퍼드 마운트 묘지에 안장됨.

## 문학동네 세계문학전집 발간에 부쳐

세계문학은 국민문학 혹은 지역문학을 떠나 존재하는 문학이 아니지만 그것들의 총합도 아니다. 세계문학이라는 용어에는 그 나름의 언어와 전통을 갖고 있는 국민문학이나 지역문학의 존재를 인정하면서 그것을 넘어서는 문학의 보편적 질서에 대한 관념이 새겨져 있다. 그 용어를 처음 고안한 19세기 유럽인들은 유럽문학을 중심으로 그 질서를 구축했지만 풍부한 국민문학의 전통을 가지고 있는 현대의 문학 강국들은 나름의 방식으로 세계문학을 이해하면서 정전(正典)의 목록을 작성하고 또 수정한다.

한국에서도 세계문학 관념은 우리 사회와 문화의 변화 속에서 거듭 수정돼왔다. 어느 시기에는 제국 일본의 교양주의를 반영한 세계문학 관념이, 어느 시기에는 제3세계 민족주의에 동조한 세계문학 관념이 출현했고, 그러한 관념을 실천한 전집물이 출판됐다. 21세기 한국에 새로운 세계문학전집이 필요하다는 것은 명백하다. 우리의 지성과 감성의 기준에 부합하는 세계문학을 다시 구상할 때가 되었다.

문학동네 세계문학전집은 범세계적으로 통용되는 고전에 대한 상식을 존중하면서도 지난 반세기 동안 해외 주요 언어권에서 창작과 연구의 진전에 따라 일어난 정전의 변동을 고려하여 편성되었다. 그래서 불멸의 명작은 물론 동시대 세계의 중요한 정치·문화적 실천에 영감을 준 새로운 작품들을 두루 포함시켰다.

창립 이후 지금까지 한국문학 및 번역문학 출판에서 가장 전문적이고 생산적인 그룹을 대표해온 문학동네가 그간 축적한 문학 출판 경험을 바탕으로 새로운 세계문학전집을 펴낸다. 인류가 무지와 몽매의 어둠 속을 방황하면서도 끝내 길을 잃지 않은 것은 세계문학사의 하늘에 떠 있는 빛나는 별들이 길잡이가 되어주었기 때문이다. 우리가 자부심과 사명감 속에서 그리게 될 이 새로운 별자리가 독자들의 관심과 애정에 힘입어 우리 모두의 뿌듯한 자산이 되기를 소망한다.

문학동네 세계문학전집 편집위원

민은경, 박유하, 변현태, 송병선, 이재룡, 홍길표, 남진우, 황종연

세계문학전집 233
이상한 나라의 앨리스

1판 1쇄 2023년 7월 28일
1판 2쇄 2024년 7월 10일

지은이 루이스 캐럴 | 그린이 존 테니얼 | 옮긴이 김희진

책임편집 송지선
디자인 강혜림 최미영 | 저작권 박지영 형소진 최은진 서연주 오서영
마케팅 정민호 서지화 한민아 이민경 안남영 왕지경 정경주 김수인 김혜원 김하연 김예진
브랜딩 함유지 함근아 고보미 박민재 김희숙 박다솔 조다현 정승민 배진성
제작 강신은 김동욱 이순호 | 제작처 영신사

펴낸곳 (주)문학동네 | 펴낸이 김소영
출판등록 1993년 10월 22일 제2003-000045호
주소 10881 경기도 파주시 회동길 210
전자우편 editor@munhak.com | 대표전화 031)955-8888 | 팩스 031)955-8855
문의전화 031)955-1927(마케팅), 031)955-2686(편집)
문학동네카페 http://cafe.naver.com/mhdn
인스타그램 @munhakdongne | 트위터 @munhakdongne
북클럽문학동네 http://bookclubmunhak.com

ISBN 978-89-546-9439-1 04840
978-89-546-0901-2 (세트)

잘못된 책은 구입하신 서점에서 교환해드립니다.
기타 교환 문의 031) 955-2661, 3580

www.munhak.com

**51, 52** 염소의 축제 마리오 바르가스 요사 | 송병선 옮김

**53** 고야산 스님 · 초롱불 노래 이즈미 교카 | 임태균 옮김

**54** 다니엘서 E. L. 닥터로 | 정상준 옮김

**55** 이날을 위한 우산 빌헬름 게나치노 | 박교진 옮김

**56** 톰 소여의 모험 마크 트웨인 | 강미경 옮김

**57** 카사노바의 귀향 · 꿈의 노벨레 아르투어 슈니츨러 | 모명숙 옮김

**58** 바보들을 위한 학교 사샤 소콜로프 | 권정임 옮김

**59** 어느 어릿광대의 견해 하인리히 뵐 | 신동도 옮김

**60** 웃는 늑대 쓰시마 유코 | 김훈아 옮김

**61** 팔코너 존 치버 | 박영원 옮김

**62** 한눈팔기 나쓰메 소세키 | 조영석 옮김

**63, 64** 톰 아저씨의 오두막 해리엇 비처 스토 | 이종인 옮김

**65** 아버지와 아들 이반 투르게네프 | 이항재 옮김

**66** 베니스의 상인 윌리엄 셰익스피어 | 이경식 옮김

**67** 해부학자 페데리코 안다아시 | 조구호 옮김

**68** 긴 이별을 위한 짧은 편지 페터 한트케 | 안장혁 옮김

**69** 호텔 뒤락 애니타 브루크너 | 김정 옮김

**70** 잔해 쥘리앵 그린 | 김종우 옮김

**71** 절망 블라디미르 나보코프 | 최종술 옮김

**72** 더버빌가의 테스 토머스 하디 | 유명숙 옮김

**73** 감상소설 미하일 조센코 | 백용식 옮김

**74** 빙하와 어둠의 공포 크리스토프 란스마이어 | 진일상 옮김

**75** 쓰가루 · 석별 · 옛날이야기 다자이 오사무 | 서재곤 옮김

**76** 이인 알베르 카뮈 | 이기언 옮김

**77** 달려라, 토끼 존 업다이크 | 정영목 옮김

**78** 몰락하는 자 토마스 베른하르트 | 박인원 옮김

**79, 80** 한밤의 아이들 살만 루슈디 | 김진준 옮김

**81** 죽은 군대의 장군 이스마일 카다레 | 이창실 옮김

**82** 페레이라가 주장하다 안토니오 타부키 | 이승수 옮김

**83, 84** 목로주점 에밀 졸라 | 박명숙 옮김

**85** 아베 일족 모리 오가이 | 권태민 옮김

**86** 폭풍의 언덕 에밀리 브론테 | 김정아 옮김

**87, 88** 늦여름 아달베르트 슈티프터 | 박종대 옮김

**89** 클레브 공작부인 라파예트 부인 | 류재화 옮김

**90** P세대 빅토르 펠레빈 | 박혜경 옮김

**91** 노인과 바다 어니스트 헤밍웨이 | 이인규 옮김

**92** 물방울 메도루마 슌 | 유은경 옮김

**93** 도깨비불 피에르 드리외라로셸 | 이재룡 옮김

**94** 프랑켄슈타인 메리 셸리 | 김선형 옮김

**95** 래그타임 E. L. 닥터로 | 최용준 옮김

**96** 캔터빌의 유령 오스카 와일드 | 김미나 옮김

**97** 만(卍) · 시게모토 소장의 어머니 다니자키 준이치로 | 김춘미, 이호철 옮김

**98** 맨해튼 트랜스퍼 존 더스패서스 | 박경희 옮김

**99** 단순한 열정 아니 에르노 | 최정수 옮김

100 열세 걸음 모옌 | 임홍빈 옮김
101 데미안 헤르만 헤세 | 안인희 옮김
102 수레바퀴 아래서 헤르만 헤세 | 한미희 옮김
103 소리와 분노 윌리엄 포크너 | 공진호 옮김
104 곰 윌리엄 포크너 | 민은영 옮김
105 롤리타 블라디미르 나보코프 | 김진준 옮김
106, 107 부활 레프 톨스토이 | 박형규 옮김
108, 109 모래그릇 마쓰모토 세이초 | 이병진 옮김
110 은둔자 막심 고리키 | 이강은 옮김
111 불타버린 지도 아베 고보 | 이영미 옮김
112 말라볼리아가의 사람들 조반니 베르가 | 김운찬 옮김
113 디어 라이프 앨리스 먼로 | 정연희 옮김
114 돈 카를로스 프리드리히 실러 | 안인희 옮김
115 인간 짐승 에밀 졸라 | 이철의 옮김
116 빌러비드 토니 모리슨 | 최인자 옮김
117, 118 미국의 목가 필립 로스 | 정영목 옮김
119 대성당 레이먼드 카버 | 김연수 옮김
120 나나 에밀 졸라 | 김치수 옮김
121, 122 제르미날 에밀 졸라 | 박명숙 옮김
123 현기증. 감정들 W. G. 제발트 | 배수아 옮김
124 강 동쪽의 기담 나가이 가후 | 정병호 옮김
125 붉은 밤의 도시들 윌리엄 버로스 | 박인찬 옮김
126 수고양이 무어의 인생관 E. T. A. 호프만 | 박은경 옮김
127 맘브루 R. H. 모레노 두란 | 송병선 옮김
128 익사 오에 겐자부로 | 박유하 옮김
129 땅의 혜택 크누트 함순 | 안미란 옮김
130 불안의 책 페르난두 페소아 | 오진영 옮김
131, 132 사랑과 어둠의 이야기 아모스 오즈 | 최창모 옮김
133 페스트 알베르 카뮈 | 유호식 옮김
134 다마세누 몬테이루의 잃어버린 머리 안토니오 타부키 | 이현경 옮김
135 작은 것들의 신 아룬다티 로이 | 박찬원 옮김
136 시스터 캐리 시어도어 드라이저 | 송은주 옮김
137 고독한 산책자의 몽상 장자크 루소 | 문경자 옮김
138 용의자의 야간열차 다와다 요코 | 이영미 옮김
139 세기아의 고백 알프레드 드 뮈세 | 김미성 옮김
140 햄릿 윌리엄 셰익스피어 | 이경식 옮김
141 카산드라 크리스타 볼프 | 한미희 옮김
142 이 글을 읽는 사람에게 영원한 저주를 마누엘 푸익 | 송병선 옮김
143 마음 나쓰메 소세키 | 유은경 옮김
144 바다 존 밴빌 | 정영목 옮김
145, 146, 147, 148 전쟁과 평화 레프 톨스토이 | 박형규 옮김
149 세 가지 이야기 귀스타브 플로베르 | 고봉만 옮김
150 제5도살장 커트 보니것 | 정영목 옮김
151 알렉시 · 은총의 일격 마르그리트 유르스나르 | 윤진 옮김

152 말라 온다 알베르토 푸겟 | 엄지영 옮김
153 아르세니예프의 인생 이반 부닌 | 이항재 옮김
154 오만과 편견 제인 오스틴 | 류경희 옮김
155 돈 에밀 졸라 | 유기환 옮김
156 젊은 예술가의 초상 제임스 조이스 | 진선주 옮김
157, 158, 159 카라마조프가의 형제들 표도르 도스토옙스키 | 김희숙 옮김
160 진 브로디 선생의 전성기 뮤리얼 스파크 | 서정은 옮김
161 13인당 이야기 오노레 드 발자크 | 송기정 옮김
162 하지 무라트 레프 톨스토이 | 박형규 옮김
163 희망 앙드레 말로 | 김웅권 옮김
164 임멘 호수 · 백마의 기사 · 프시케 테오도어 슈토름 | 배정희 옮김
165 밤은 부드러워라 F. 스콧 피츠제럴드 | 정영목 옮김
166 야간비행 앙투안 드 생텍쥐페리 | 용경식 옮김
167 나이트우드 주나 반스 | 이예원 옮김
168 소년들 앙리 드 몽테를랑 | 유정애 옮김
169, 170 독립기념일 리처드 포드 | 박영원 옮김
171, 172 닥터 지바고 보리스 파스테르나크 | 박형규 옮김
173 싯다르타 헤르만 헤세 | 권혁준 옮김
174 야만인을 기다리며 J. M. 쿳시 | 왕은철 옮김
175 철학편지 볼테르 | 이봉지 옮김
176 거지 소녀 앨리스 먼로 | 민은영 옮김
177 창백한 불꽃 블라디미르 나보코프 | 김윤하 옮김
178 슈틸러 막스 프리슈 | 김인순 옮김
179 시핑 뉴스 애니 프루 | 민승남 옮김
180 이 세상의 왕국 알레호 카르펜티에르 | 조구호 옮김
181 철의 시대 J. M. 쿳시 | 왕은철 옮김
182 카시지 조이스 캐럴 오츠 | 공경희 옮김
183, 184 모비 딕 허먼 멜빌 | 황유원 옮김
185 솔로몬의 노래 토니 모리슨 | 김선형 옮김
186 무기여 잘 있거라 어니스트 헤밍웨이 | 권진아 옮김
187 컬러 퍼플 앨리스 워커 | 고정아 옮김
188, 189 죄와 벌 표도르 도스토옙스키 | 이문영 옮김
190 사랑 광기 그리고 죽음의 이야기 오라시오 키로가 | 엄지영 옮김
191 빅 슬립 레이먼드 챈들러 | 김진준 옮김
192 시간은 밤 류드밀라 페트루솁스카야 | 김혜란 옮김
193 타타르인의 사막 디노 부차티 | 한리나 옮김
194 고양이와 쥐 귄터 그라스 | 박경희 옮김
195 펠리시아의 여정 윌리엄 트레버 | 박찬원 옮김
196 마이클 K의 삶과 시대 J. M. 쿳시 | 왕은철 옮김
197, 198 오스카와 루신다 피터 케리 | 김시현 옮김
199 패싱 넬라 라슨 | 박경희 옮김
200 마담 보바리 귀스타브 플로베르 | 김남주 옮김
201 패주 에밀 졸라 | 유기환 옮김
202 도시와 개들 마리오 바르가스 요사 | 송병선 옮김

203 루시 저메이카 킨케이드 | 정소영 옮김
204 대지 에밀 졸라 | 조성애 옮김
205, 206 백치 표도르 도스토옙스키 | 김희숙 옮김
207 백야 표도르 도스토옙스키 | 박은정 옮김
208 순수의 시대 이디스 워턴 | 손영미 옮김
209 단순한 이야기 엘리자베스 인치볼드 | 이혜수 옮김
210 바닷가에서 압둘라자크 구르나 | 황유원 옮김
211 낙원 압둘라자크 구르나 | 왕은철 옮김
212 피라미드 이스마일 카다레 | 이창실 옮김
213 애니 존 저메이카 킨케이드 | 정소영 옮김
214 지고 말 것을 가와바타 야스나리 | 박혜성 옮김
215 부서진 사월 이스마일 카다레 | 유정희 옮김
216 사람은 무엇으로 사는가 레프 톨스토이 | 이항재 옮김
217, 218 악마의 시 살만 루슈디 | 김진준 옮김
219 오늘을 잡아라 솔 벨로 | 김진준 옮김
220 배반 압둘라자크 구르나 | 황가한 옮김
221 어두운 밤 나는 적막한 집을 나섰다 페터 한트케 | 윤시향 옮김
222 무어의 마지막 한숨 살만 루슈디 | 김진준 옮김
223 속죄 이언 매큐언 | 한정아 옮김
224 암스테르담 이언 매큐언 | 박경희 옮김
225, 226, 227 특성 없는 남자 로베르트 무질 | 박종대 옮김
228 앨프리드와 에밀리 도리스 레싱 | 민은영 옮김
229 북과 남 엘리자베스 개스켈 | 민승남 옮김
230 마지막 이야기들 윌리엄 트레버 | 민승남 옮김
231 벤저민 프랭클린 자서전 벤저민 프랭클린 | 이종인 옮김
232 만년양식집 오에 겐자부로 | 박유하 옮김
233 이상한 나라의 앨리스 루이스 캐럴 | 존 테니얼 그림 | 김희진 옮김
234 소네치카 · 스페이드의 여왕 류드밀라 울리츠카야 | 박종소 옮김
235 메데야와 그녀의 아이들 류드밀라 울리츠카야 | 최종술 옮김
236 실종자 프란츠 카프카 | 이재황 옮김
237 진 알랭 로브그리예 | 성귀수 옮김
238 말테의 수기 라이너 마리아 릴케 | 홍사현 옮김
239, 240 율리시스 제임스 조이스 | 이종일 옮김
241 지도와 영토 미셸 우엘벡 | 장소미 옮김
242 사막 J. M. G. 르 클레지오 | 홍상희 옮김
243 사냥꾼의 수기 이반 투르게네프 | 이종현 옮김
244 험볼트의 선물 솔 벨로 | 전수용 옮김
245 바베트의 만찬 이자크 디네센 | 추미옥 옮김
246 나르치스와 골드문트 헤르만 헤세 | 안인희 옮김
247 변신 · 단식 광대 프란츠 카프카 | 이재황 옮김
248 상자 속의 사나이 안톤 체호프 | 박현섭 옮김

● 문학동네 세계문학전집은 계속 출간됩니다